U0898706

世界英雄
史诗译丛

马丁·菲耶罗

[阿根廷] 何塞·埃尔南德斯 著　赵振江 译

译林出版社

目　录

前　　言

（一）

致堂何塞·索伊罗·密根斯先生的信

堂何塞·索伊罗·密根斯先生
亲爱的朋友：

我终于决定让我可怜的“马丁·菲耶罗”出世了，在某些时刻，他曾帮助我摆脱了旅馆生活的枯燥，而今他将处于您的保护之下。

请不要拒绝给他以保护，您清楚我国所有那些倒行逆施和不幸，被剥夺了遗产的阶级则是它们的牺牲品。

这是一个可怜的高乔人，他具有艺术依然反映在他们身上的一切不完美的形式，其思想具有一切不连贯的、其衔接并非总是符合逻辑的缺点，在这些思想之间，几乎往往连一种隐蔽而又遥远的关系都不存在。

为了塑造我们的高乔人的典型性格，我不敢说达到了目的，但付出了努力，集中地表现了他们独特的生活方式、他们的情感、他们的思考和自我表达；赋予他们想象的一切技艺，这种想象充满了形象与色彩，赋予他们全面迸发的高傲性格，如此地没有节制以至于犯罪，赋予他们各种各样的冲动与狂热，他们是造化之子，教育尚未对其进行柔化和打磨。

越亲自了解原型，越能判断副本与其有无相似之处。

如果我只以高乔人的无知为代价来使人发笑，正如这类作品中被授权使用的那样，这对我来说，或许更加容易并能取得更好的效果;然而我的目的是粗线条但却要忠实地勾勒出他们的风俗,他们的劳作,他们的生活习惯,他们的性格,他们的嗜好和他们的品德;这一切构成了他们精神风貌的画面,构成了他们那充满危险、骚动、奇遇、不安和总是动荡的变化莫测的人生画卷。

这一切是我的愿望,我坚持模仿那丰富多彩的比喻的风格,高乔人会运用但不了解它的价值,他们不停地运用那些既出奇又常见的对比;模拟他们具有特殊痕迹的思考和从不缺少的昏暗色彩,揭示那种不是从学校而是从自然本身中学到的哲学;尊重他们天生并被无知加重了的迷信与担心;描绘他们隐蔽并精心掩饰的思想与情感的世界;他们的悲观失望,这是他们的社会地位本身所产生的,而他们那种习以为常的冷漠,甚至是构成他们精神世界的条件之一;总之,以他们全部特有的个性,尽可能忠实地为我们潘帕草原的典型人物画像,他们是多么鲜为人知,因而研究他们又是多么困难,他们往往被人如此歪曲地理解,而随着文明征服的推进,他们在渐渐地彻底消失。

要在这么短的篇幅中实现,这些愿望是太多了,然而人们不会因为愿望本身而只能因为没有使其实现才对我进行指责。

再说一句,为了他的缺点做一点辩解。请放过它们,因为并非第一眼就能看出破绽,何况许多都是从现实当中原封不动地模拟照搬来的。

此外,我的朋友,我希望您善待“马丁·菲耶罗”,甚至都并非因为他不是从城里回去向他的伙伴们讲述某个五月二十五日惊奇的见闻或者另外类似的演出,其中某些叙述,如同《浮士德》或其他几部作品那样,它们的确获得了很高的成就,可"马丁·菲耶罗"讲的是他的劳动,他的不幸,他作为高乔人的冒险生涯,而您清楚地知道,这比许多人想象的要难得多。

作为开场白,上面所述足矣,因为连"马丁·菲耶罗"也不要求更长,多了您也不喜欢,读者也没有这样的嗜好,也不符合我的性格。

您真正的朋友

何塞·埃尔南德斯

一八七二年十二月于布宜诺斯艾利斯

(二)

和读者说几句话

我将《马丁·菲耶罗归来》交给仁慈的读者,它的上集受到如此慷慨的欢迎,六年中再版了十一次,印数达四万八千册。

这不是作者的虚荣,因为我不向虚荣女神进贡;我也不自我吹捧,因为我自己从来就不是拙作的"出版者"。

这是适时而又必要的提示,它有助于说明本书的第一版何以达到两万册之多,分五次印刷,每次四千册,还要补充的是,我确信科尼先生名不虚传的印刷厂将出一版精装本,像所有出自他的印刷车间的图书一样。

该书的文本还配有十幅插图,我相信在文学领域,这是一本出自国家报刊的图书首次享此殊荣。

这就作为开头吧。

插图是堂卡洛斯·克雷里塞绘制并在石版上拓出的，这位同胞在其领域将成为杰出的艺术家，因为他还年轻，他有自己的风格，有艺术情感和对工作的热爱。

雕刻是由苏波特先生完成的，他的艺术，在我们中间还颇为新颖并尚未普及，将灵巧的石版画家拓在石版上的画面固定在铜版上，创造或想象出诗句描绘的场面，这是他们带着感情清晰地体会出来的。任何为了出版能在最优越的艺术条件下进行而做出的牺牲都是不会被遗忘的。

至于书的文学部分，我只想说，在考虑其缺点时应看清楚，这是对原始素材的忠实写照，我还要重复一句，那许多缺点之所以出现是为了更明显、更清楚地表示这是对现实的临摹。

一本为了在一个近乎原始的民族唤醒智慧和对阅读的喜爱的图书，为了成千上万从未读过书的人们，在繁重的劳动之余得到消遣，应当严格地适应这些读者本身的用法和习惯，表达他们的思想，体会他们的感情，要使用他们自己的语言，用他们常用的句法，用他们普遍的形式，尽管可能是不正确的；要用他们最突出的形象，用他们最典型的词句，以期该书能以一种亲密无间的方式得到他们的认同，从而使阅读成为他们生活的自然的延续。

只有这样才能使人非强制性地从劳作过渡到阅读；也只有这样，对他们来说，阅读才是愉悦的，有趣而又有用的。

但愿哪本书能享有这幸运的特权，能在我们分布于辽阔原野上的广大居民中，以一种快乐的方式不停地手

手相传,能确保其人民性,能使读者愉悦地消磨时光,不过要:

教育人们懂得,诚实的劳动是改善一切和福利的源泉;

赞美产生于自然法则并作为社会基准的高尚道德;

激发人类对造物主敬奉的感情,并使他们一心行善;

丑化那些滑稽而又普遍的迷信,它们产生于可悲的无知;致力于习俗的规范化并使其变得温柔,通过隐蔽而又巧妙的手段对人们进行理智而又自重的教育:尊重别人;鼓舞人们对苦涩不幸的承受能力,奉劝人们坚持善举并任劳任怨;

提醒父母尽造化赋予他们的对子女的义务,将由于他们的遗忘而造成的恶果展现在他们眼前,用这种方法促使他们自己思考并估计尽职尽责的一切好处;

教育做儿女的应如何敬重自己的生身父母;

使丈夫更加热爱自己的妻子,提醒后者做妻子的神圣职责;强调家庭的幸福,教育所有人要互相尊重,通过一切手段使家庭和社会关系的纽带更牢固;

使公民坚定热爱自由的信念,同时使其不要偏离对上级和行政领导的尊重;

用为数不多的道德观念对人们进行教育,应该人道、仁慈,对孤儿和残疾人要充满爱心;对友谊要忠诚;知恩图报;与懒惰和陋习为敌;适应命运的变化;热爱真理,永远要忍让、正直、谨慎。

一本书,如果不用说教便指出了这一切,或者更多,抑或是一部分,无疑是一本好书,而且的确可能提高读者的道德和知识水准,尽管它把 nadie 说成 naides,把 desertor 说成 resertor,把 mismo 说成 mesmo,或者还有其他类似的不规范语汇[①];让学校去改正她们,去填补诗歌应尊重的空白,去改正句式的习惯性错误和缺点,为了以更高尚更纯洁的哲学观点检查、战胜并根除更基本更有影响的谬误,艺术也应该具备这样的素质。

言语的进步不是社会进步的基础,一本宗旨如此高尚的图书应全部排除词句文化的脆弱形式,将其置于自己道德主张的严格要求之下,或许后者才是它所寻求的成功。

舞台上的人物应当讲自己特定的语言,要有自己的个性,自己的情趣和自然而然的缺欠,因为如果剥去这层外衣,他们将会有雷同的特征,这是唯一使他们变得可亲可爱的东西,无论在形式上还是在内容上,都要进行模拟并做到逼真。

在这一部分,人们还可以像对多棱镜的角度一样进行选择,通过它每个人可以研究自己的时代,在将那些缺欠作为一个因素来接受的同时,人们可以理想化,可以思考,可以促使其他人同样进行思考并组合,孕育并保留艺术小小的纪念碑,以便让明天的人们对我们进行研究并树立起我们文明历史的伟大的纪念碑。

高乔人连他们自己语言的成分也不了解,如果一个人从未读过书,却能遵循布莱尔[②]、埃尔莫西利亚[③] 或科学院的艺术准则,那至少是不妥当的,而且是一个很该受到指责的名副其实的缺点。

---

① 指高乔人的发音不规范,nadie 是“无任何人”的意思;desertor 是“逃兵”的意思;mismo 是“本身”或“同一个”的意思。

② 译者认为指苏格兰诗人布莱尔(Blair, Robert 1699—1746),他写过一首无韵长诗《墓》。

③ 戈麦斯·埃尔莫西利亚(1771—1837)是西班牙著名的语法家。

高乔人不用学习歌唱。他唯一的老师是以雄伟而又富于变化的景观展现在他眼前的神奇的自然。

他所以歌唱是因为在他身上有某种精神的冲动驾驭着他的机体,有的是韵律性的,有的是节奏性的,这些冲动将他引向那绝妙的极致,以至他们所有的谚语、犀利的成语、共同的格言都是用两句完美的八音部的诗来表述的,这些诗句的重音规则富有弹性,充满和谐、感情和深刻的寓意。

这就使区分哪些是作者个人的思想,哪些是从民间源泉汲取来的思想变得十分困难。

我不知道是否存在或存在过哪一个接近大自然的种族,其语言智慧充满我们高乔语汇全部的韵律因素。

聆听我们最没有文化的同胞,用两句清晰朴实的诗表述格言和道德思考,就像最古老的民族——印度与波斯那样,后二者是将它们作为其语言智慧的无价之宝来保留的;而希腊人则是满怀敬意地从他们最深刻的智者和道德的奠基者——柏拉图、亚里士多德、苏格拉底的口中听到的;在拉丁人中是著名的塞内卡光荣地进行了传播;“北方”人则更喜欢将这归功于他们粗犷有力的文学;近代文明是通过其最杰出的伦理学家来重复的,它们在人类所有伟大改革家的宗教法典中基本都化作了神圣。

无疑,地球上所有的种族之间存在某种亲密的相似,某种神秘的相通,只有伟大的造化之书能对此进行研究;因为人们以它来进行推测,而且三千多年来一直在推测,同样的教诲,同样的自然品德,地球上所有人类都用散文来表达,而居住在拉普拉塔河两岸辽阔而又肥沃的土地上的高乔人则用诗句来表达。

人类的心灵和道德在任何年代都是一成不变的。

文明有本质的区别。堂V. F. 洛佩斯博士在其《神经机能病理》的序言中说：一位“欧洲”的教师或教授永远不能成为“婆罗门的教师或教授”；本该如此；然而要使一个高乔人成为一个充满智慧的婆罗门，就不会有那么多的困难；因为按照巴黎国立图书馆睿智的馆员在其《世界各国的民间智慧》一书中所描述的，婆罗门的全部学问在于其语言的智慧，该书是由美国人帕索斯·坎基在新大陆传播的。

在我们中间，有一些文化修养很高、文字又很规范的诗人，他们充满了上述精神，这类作品不该缺少，因为这是国内合法的、自发的作品，事实上，这也不仅仅表现在百花盛开的文学园地上。

我就此打住，为了避免冗长而不能在此说明的，就留给好心的读者吧，在一个沙漠之子平庸的歌谣中也无须多费唇舌。

请读者对它宽大为怀！请接受这平庸之作，我们献给您，因为您是我们最好的老朋友。

一本书的特征应始于序。

因此，无论是对该序言的形式，还是对其所包含的目的，任何人都不要惊诧；我们应以向下列杰出作家公开致谢来结束这篇序言，他们刚刚以自己的判断表扬了我们，他们是何塞·托马斯·吉多先生，他是在一封优美的信中这样做的，《论坛》和《报界》刊登了此信，共和国的几家报刊进行了转载；堂阿多尔夫·萨尔蒂亚斯博士，他是在论述高乔人的社会与历史类型的文章中这样做的；堂米格尔·纳瓦罗·维奥拉博士，他在最近一期《人民图书》中，以赞扬的语言，勉励我们将已经开始的工作继续下去。

城乡的许多报刊,诸如阿素尔的《先驱》、多洛雷斯的《祖国》、梅塞德斯的《西方》及其他报刊,它们也以公正的标题赢得了我们的感激之情,我们将这作为一笔神圣的债务保存在心中。

我们用对罗萨里奥省的《首府》的谢意结束这篇短文,它宣布了《马丁·菲耶罗归来》的成功,并使人们产生了只有上帝知道是否会得到满足的希望。

结束此序言时,要说明该书所以题为《马丁·菲耶罗归来》是因为这是读者早就取好了的名字,在我撰写此书很早以前就取好了;它将带着做父亲的我的祝福去各地漫游。

何塞·埃尔南德斯

译　序

——高乔英雄史诗的绝唱

在拉丁美洲争取政治独立的过程中,文学上的美洲主义也开始成长。作家们不仅描绘美洲的自然环境和社会生活,而且开始追求具有民族风格的艺术形式。当然,这是一个漫长的历史过程。在拉丁美洲,这种执着的追求一直延续至今。在民族文学的发展方面,拉普拉塔河地区的高乔诗歌取得了突出的成就。

高乔诗歌的昌盛和发展过程是与新古典主义和浪漫主义文学同步进行的。它既有前者注重文学社会功能的特点,又有后者突破传统、勇于创新的精神。这是一些作家向民间文学学习所取得的丰硕成果。

高乔人是辽阔无垠的潘帕草原上的牧民。在西班牙征服者到来之前,那里居住着潘帕族印第安人。至于高乔人何时在草原上出现,史书上无确切记载。曾在阿根廷边界地区生活了二十年的阿尔瓦罗·巴洛斯对高乔人的起源持这样的见解:

"……惊恐万状的印第安男人逃往沙漠,妇女就成了征服者的奴仆。逃亡的印第安人在孤独、放纵的生活中意识到那种欺凌是极不公正的,于是便进行报复,同样掳走文明者的妻子。因此,印第安女子是城市高乔人的母亲,而沙漠里的高乔人则是女基督徒的儿子。"①

诚然,这只是高乔人最早的起源,至于大批的高乔人

① 见卡洛斯·阿尔贝托·雷吉萨蒙:《马丁·菲耶罗》序言。

还是后来到草原上去谋生的印欧混血种人：

“混血种人不如黑人那样适于在城里当仆役，就被黑人所取代；由于工业活动不发达，他们找不到事情可干，于是便离开城市到印第安人地区，那里成了他们当然的安身之处。就这样，我们有了以高乔人为典型的过渡民族的开端。”①

这些潘帕草原上的“浪子”“孤儿”② 构成了一种新的社会形态，过着半原始的游牧生活。他们性格粗犷，生活散漫，游荡在整个潘帕草原。著名学者达尔文就认为，从人类学的综合特征上看，“高乔人比城里人高级得多”。尤其是他们那具有鲜明特征的服饰更是引人注目，当时许多阿根廷画家都为高乔人画过肖像。他们头戴礼帽，脖子上系着围巾，身上披着篷秋③，内穿绣花衬衣，罩一条罗马围裙似的“契里帕”，足蹬马皮靴。刀柄护盘呈S形的“法弓”挂在镶嵌着银币的皮带上。当然，这样的装束只是那个时代的象征，而时代是随着“人事代谢、古往今来”而前进的。在“五月革命”“国内战争”“拖拉机和脱粒机兴起”的不同时期，高乔人作为牧牛人、庄园短工和领取月薪的农牧业工人的面貌是很不相同的。高乔人的演变与阿根廷的历史进程是完全一致的。今天，高乔人在现实生活中已不复存在，偶尔碰见的身骑高头大马的“壮汉”不过是招揽游客和抚慰人们怀旧情绪的陈列品。

正是高乔人的起源和生活环境孕育了他们勇敢、豪

① 引自托雷斯·里奥塞科著《拉丁美洲文学简史》(吴健恒译)。

② 从词源学的角度来看，有人认为高乔(gaucho)一词源于阿劳乌科语 guaso 或 gauderio，更多的人则认为源于克丘阿语 guacho，前者意为“浪子”，后者意为“私生子”或“孤儿”。

③ 篷秋(poncho)是高乔人类似斗篷的衣物。

放、狂傲、鲁莽、放荡不羁、酷爱自由、善于应付各种事变的典型性格。他们在荒凉的原野上,信马由缰,四处漂泊,过着海阔天空、自由自在的生活。为了战胜寂寞与孤独,除了骏马、法弓、套锁之外,高乔人还有一个亲密伙伴,那就是六弦琴。在潘帕草原上,几乎每个高乔人都是歌手,不会弹吉他是丢脸的事情。歌手中的佼佼者就成了行吟诗人——巴雅多尔。他们的演唱有两种形式:一种是为当时流行的民间舞蹈"西埃利托"(Cielito)、"维达利塔"(Vitalita)、"特里斯特"(Triste)等伴唱,另一种是对歌。无论前者还是后者,都没有固定的歌词,而是见景生情,即兴演唱。

对巴雅多尔的描述,最早见诸文字的是在一七七三年出版的《从布宜诺斯艾利斯到利马的瞎子领路人》中。书中说当时的巴雅多尔"用一把难以演奏的劣质小小吉他伴奏,不时走调地唱些民间小曲,歌词都是结结巴巴地临时杜撰出来的,内容是一些爱情故事"。然而就是这些民间歌手,到处受到群众尤其是年轻妇女的欢迎。他们骑着马,背着吉他,从一个乡村酒店走到另一个乡村酒店,为人们的节日助兴。由于歌手们喜欢讽刺,有时一次兴高采烈的集会竟以拔刀搏斗而告终。巴雅多尔不仅是出色的歌手,往往也是无畏的勇士,正如马丁·菲耶罗一样。

巴雅多尔的演唱就是高乔诗歌的起源。到一八一〇年前后,在拉普拉塔河地区出现了两种诗歌的同化与竞争:一方面是巴雅多尔创作的顺口溜式的民歌走向没落,另一方面是模仿巴雅多尔的诗人创作正在兴起。诗人创作的高乔诗歌一般有以下特点:

(一)作者并非高乔人,而是城里的文化人,但他们熟悉巴雅多尔的演唱,熟悉高乔人的生活、性格和语言。

(二) 诗句都由八音节组成,通俗易懂,便于吟唱,是西班牙谣曲的移植。

(三) 诗中运用高乔人的语言,但已非简单的模仿,而是一种艺术创作。

(四) 一般采取高乔人自己叙述或相互对话的方式,诗人则隐藏在人物的后面。

(五) 高乔诗歌一般都具有鲜明的政治色彩,有的作品虽然没有明确的政治意图,只是描述高乔人在城市中的见闻和感受,但作者对诗中的主人公却充满深厚的感情。高乔诗歌的发展历程大体可分为四个阶段:

① 表现独立战争中的高乔人,以巴尔托洛梅·伊达尔戈(1788—1823)的作品为代表,这些作品多是用为舞蹈伴唱的"西埃利托"(Cielito)的形式写成的,如《爱国对话》。

② 表现国内战争中的高乔人,以伊拉里奥·阿斯卡苏比(1807—1875)的《桑托斯·维加,又名拉弗洛尔的孪生兄弟》为代表。

③ 表现国家建设时期的高乔人,以埃斯塔尼斯劳·德尔坎波(1834—1880)的《浮士德》为代表。

④ 表现在文明社会中无依无靠的高乔人,以何塞·埃尔南德斯(1834—1886)的《马丁·菲耶罗》为代表。

在高乔诗歌中,真正达到了史诗的规模和水平的是《马丁·菲耶罗》,说它是阿根廷的"国粹"、高乔人的《圣经》,并不为过。西班牙著名文学家米格尔·乌纳穆诺就时常在萨拉曼卡大学的课堂上,将《马丁·菲耶罗》与《伊利亚特》和《奥德赛》一起向学生们朗诵。据不完全统计,它已被译成约三十种文字。诗人的诞辰被命名为阿根廷的传统节日。

何塞·埃尔南德斯于一八三四年十一月十日出生在布宜诺斯艾利斯省的圣马丁，从小跟随父亲在牧场生活。这不仅使他获得了健康的体魄，成了出色的骑手，而且也使他熟悉了高乔人的生活、劳动、风俗、习惯和语言。

一八五三年一月，十九岁的埃尔南德斯加入了独裁者胡安·曼努埃尔·德·罗萨斯的养子佩德罗·罗萨斯的部队。一八五六年他参与创办了《和平改革》日报。一八五七年因反对宗教与另一名军官决斗并脱离了军旅生涯。翌年，他到了恩特雷里奥斯省，在联邦派领袖阿尔维蒂和乌尔基萨的影响下，发表了题为《两种政策》的小册子。一八五九年，埃尔南德斯再次投笔从戎，参加了乌尔基萨将军的军队。在军政生涯中，他接触了下层人民，对市民、短工、高乔士卒的戏言俚语耳熟能详。他声音洪亮，举止潇洒，谈吐诙谐，人称“戏谑大师”。

埃尔南德斯具有十九世纪阿根廷作家的双重品格：既是思想家又是实干家，不过他的实干家气质更为明显。一八六三年他出版了一份强烈抨击米特雷和萨米恩托的报纸《阿根廷人》，但很快即被查封。他也曾强烈反对三国同盟对巴拉圭的战争。作为联邦主义者，他写了《恰乔的一生》，为考地略（军政独裁者）维森特·佩尼亚洛萨歌功颂德。对此，萨米恩托写了一本题材相同而观点迥异的著作予以回敬。由此可见，十九世纪阿根廷的两位伟大作家以完全不同的立场参加了本国的社会活动。如果说在政治上萨米恩托的集权主义更符合历史发展的趋势，在文学上他们却各有千秋。萨米恩托将欧洲浪漫主义奉为楷模，埃尔南德斯却对身边的高乔诗歌产生了浓厚的兴趣。当时,在阿根廷国内开展了关于《浮士德》是否属于民族文学的讨论。有人认为,高乔诗歌没有价值,不过是茶余饭后的笑料而已。埃尔南德斯决心以自己的创作来抵制评论界的偏见。一八六七年他被任命为科连特斯省的检察官,第二年又任最高法院成员。一八六九年他创办了《拉普拉塔河》报,以此作为阵地,为高乔人进行辩护并向自己的宿敌发动进攻。一八七〇年他参加了霍尔丹领导的旨在推翻萨米恩托总统的起义,失败后逃往巴西。一八七二年回到布宜诺斯艾利斯,发表了《高乔人马丁·菲耶罗》。几年后,在读者的强烈要求下,又发表了长诗的续集《马丁·菲耶罗归来》。在此期间,上集已出了十一版。从此以后,人们对埃尔南德斯的军人、记者和社会活动家的身份已不感兴趣,而只把他当作自己的歌手,当作人民的一员了。当人们见到他的时候,索性叫他“马丁·菲耶罗”。这不仅因为他蓄着丘比特式胡子的堂堂仪表和衣着服饰与高乔人颇为相似,也因为马丁·菲耶罗的典型性格中确实有作者自己的身影。

何塞·埃尔南德斯为人纯朴、善良、坚定、开朗,勇敢而不粗鲁,刚毅却不固执,就连他的宿敌萨米恩托对他也有很高的评价。他的文学爱好也与他的性格相符。他在写作或演说时,通俗易懂,平易近人。他能整篇地背诵古文而准确无误,甚至能按照限定的题目和词序即兴赋诗或演讲。他是讲笑话的大师,能见景生情,脱口而出,风趣横生,妙语惊人。他喜爱成语、谚语、歇后语和民间传说,十分重视高乔人的语言,这使他在模仿巴雅多尔的演唱时得心应手、游刃有余。当然,《马丁·菲耶罗》不等于埃尔南德斯的全部政治见解,也不是他理想的颂歌,但他的追求和主张在作品中的确有所反映,这也是毋庸置疑的。

一八八〇年埃尔南德斯当选为众议院副议长和阿根廷红十字会主席。一八八二年他出版了《一个庄园主的训示》,这是一部关于经营庄园和牧场的有趣的教科书。此外,他还担任过许多社会公职,然而《马丁·菲耶罗》却是他一生的最高成就。在人们的心目中,马丁·菲耶罗就是何塞·埃尔南德斯的化身。一八八六年十月二十二日,一家阿根廷报纸以这样的标题宣布:"参议员马丁·菲耶罗昨日与世长辞。"

《马丁·菲耶罗》全诗分上下两部:《高乔人马丁·菲耶罗》和《马丁·菲耶罗归来》。共四十六章,一五八八节,七二一〇行。全诗的主人公即马丁·菲耶罗,主要情节是他的不幸遭遇。

像许多高乔人一样,马丁·菲耶罗也被抓到边界地区与印第安人作战。他历尽艰辛,不堪凌辱,逃回家乡。家中已空空如也,老婆孩子均不知去向,他只得四处漂泊。在颠沛流离的过程中,由于言语相讥,他两次与人决斗,杀死一个黑人和一个高乔人,从而成了一个惶惶不可终日的在逃犯。一天夜里,他终于被警察发现了。他只身一人,单刀匹马,力抵群敌。这时发生了一件意外的事情:一位军曹为马丁的勇气所感动,便反戈一击,和他一起把警察杀得大败而逃。从此,他们俩就相依为命,成了莫逆之交。军曹克鲁斯也是高乔人,在长诗上部描述了他与马丁颇为相似的不幸遭遇。马丁·菲耶罗听了克鲁斯的叙述之后唱道:

咱们是同根所生,
两颗瓜一条苦藤:

我今生遭遇不幸，
你亦将不幸遭逢。
我决心结束厄运，
去土人部落谋生。

就这样，两个朋友决心穿过沙漠，到印第安人中间去寻找栖身之地。长诗的上部是这样结束的：

他们已越过边境，
那时正升起曙光。
克鲁斯劝说马丁，
再看看身后村庄。
就只见热泪两行，
挂在他朋友脸上。

沿着那既定方向，
走进了漠漠大荒。
旅途中或有争斗，
也不知生死存亡。
但愿得有朝一日，
知道些真情实况。

介绍过这些消息，
故事就到此告尽。
我讲述这些不幸，
只因为都是实情。
您所见每个高乔，
都是用苦水泡成。

数年之后，在读者不绝于耳的呼唤声中，马丁·菲耶罗终于“归来”了。当他们到达印第安人部落的时候，那里正在部署偷袭白人的军事行动，于是他们被当作奸细抓了起来。一位老酋长救了他们的性命，但却难免劳役之苦。然后，作者加了个楔子，描写了印第安人的原始生活、社会习俗、风土人情。后来，克鲁斯死于瘟疫，马丁·菲耶罗在他的墓前悲痛欲绝。这时，他发现一个印第安人正在虐待一个白人女俘。他拔刀相助，杀死了那个印第安人，同那个女俘一起逃回了高乔人居住的地方。时过境迁，当局已不再追究他的刑事责任。在闲逛中他找到了失散的两个儿子，他们又叙述了各自的经历。当他们父子团聚时，克鲁斯之子皮卡蒂亚也出人意料地出现在他们面前。故事临近尾声时，一个黑人向马丁·菲耶罗挑战，要求与他对歌。尤其是黑人歌手对法律虚伪性的揭露，可谓一针见血：

法律似蜘蛛结网，
原谅我无知妄说。
有钱人毫不畏惧，
有势者亦不惶惑。
大虫子一冲就破，
小虫儿总被捕捉。

……

将法律比作宝剑，
这比喻十分恰当：

持剑人总会知道，
宝剑应砍向何方。
从来是利刃向下，
哪管他姓李姓张。

当对歌结束时，才知道那位黑人歌手原来是被马丁·菲耶罗杀害的黑人的弟弟。他是为哥哥报仇来的。黑人对歌告负，马丁·菲耶罗又对几个孩子进行了教育，最后他们又像大草原上的“浪子”“孤儿”一样，各奔东西，自谋生路去了。全诗以马丁·菲耶罗的自弹自唱而结束：

只因为我的生命，
属于我所有弟兄，
他们会将这故事，
自豪地记在心中。
乡亲们不会忘却，
他们的高乔马丁。

记性是伟大天赋，
这品质值得颂扬；
莫怀疑我在这里，
将某人攻击中伤，
要知道忘掉旧恶，
也算是记忆力强。

我对谁都未冒犯，
请不要自寻愁烦；
我所以如此吟咏，

是觉得这样方便，
不损害任何个人，
只是为大家行善。

下面就这部史诗的人物、语言、结构、艺术特点以及社会意义等方面做一些简要的分析。

马丁·菲耶罗是史诗的主人公，是讲故事的人。全诗只有他有名有姓。马丁是用了诗人家乡的名字，菲耶罗(Fierro)是高乔人常用的武器——矛头。主人公的好友克鲁斯的名字(Cruz)是文盲签字时画的标记。这个人物的出场更加突出了马丁·菲耶罗遭遇的普遍意义。他是马丁·菲耶罗的影子，或者说是马丁·菲耶罗的一面镜子，后者在他的身上看到了自己。这两个人物相辅相成，评论家们将他们看作友谊的象征。从文学的角度来看，克鲁斯是马丁·菲耶罗的听众，但两个人就可以互叙衷肠，避免了总是一个人唱独角戏。克鲁斯就像古典史诗中英雄人物的侍从一样。马丁的两个儿子也以各自的经历，做了中心人物的陪衬。长子通过自己的铁窗生涯，从另一个角度反映了边关军旅生活的磨难，从而开阔了读者的视野。次子同样是父亲的辅助形象。他的监护人“美洲兔”是下部中刻画得非常成功的形象，是社会上许多这类人物的典型。埃尔南德斯对他的肖像和性格描述得可谓淋漓尽致。他信奉犬儒哲学：对狗体贴入微，对人却不屑一顾。他的消极现实主义与作者的理想主义是背道而驰的。但他那玩世不恭的人生哲学却很有“说服力”。他的许多格言式的警句早已溶入了阿根廷民族文学的传统中。

皮卡蒂亚是另一种面貌的高乔人。他和马丁父子相会前的奇闻逸事，充满了在生活激浪中随波逐流而自得其乐的情趣,他把读者引入西班牙流浪汉小说的世界。

黑人歌手这个人物,与其说是情节上的需要,不如说是技巧上的需要。这是史诗中最富于文学性的人物,连他为兄长报仇的武器都是文学性的:对歌。他的决斗是智力的比赛;他对马丁·菲耶罗的不可一世,报以文雅和谦恭。他是美德的象征。在他的身上,读者意外地发现了另一个何塞·埃尔南德斯。

《马丁·菲耶罗》在结构上是严谨有序的。它是一部夹叙夹议的长篇史诗。上下两部虽然相隔数年出版,但读起来却是浑然一体。在上下两部的前奏中有类似的抒情章节和政治隐喻。主人公也都冲破了某种社会束缚:政府的追捕和印第安部落的折磨。前后都有和亲朋的邂逅或团聚,相会后都要叙述各自的经历。总之,在全诗中,叙述、描写和对话三种截然不同的形式被歌手糅合在一起,而诗人自己则担任解说。

《马丁·菲耶罗》的语言也像它的诗体一样,具有自己的特色。高乔诗歌不仅要求描写乡村的题材和环境,而且要求用高乔人自己的语言。这种所谓高乔人的语言是由多种因素构成的:古语、重音的移动、语音的变化以及成语的运用等,这些在史诗中俯拾即是。尤其是形象的比喻和成语的运用对表现史诗的主题思想起了至关重要的作用,并使它具有强大的生命力,成为阿根廷文化传统的组成部分。

今天,创作《马丁·菲耶罗》的客观条件早已消失了,就连它所描述的高乔人也不存在了,然而它却像历史进程中的一块碣碑一样巍然屹立,鼓舞着人们为捍卫理想和自由而斗争。

在论及《马丁·菲耶罗》在文学史上的地位时，有人将它和《堂吉诃德》做了一个类比。虽然有些牵强，却也不无道理：如果说《堂吉诃德》是达到了一种文学形式——骑士小说——的巅峰并结束了它的时代的话，《马丁·菲耶罗》则是达到了另一种文学形式——高乔诗歌——的巅峰并同样结束了它的时代。

《马丁·菲耶罗》自问世以来，一直受到阿根廷人民的喜爱。出版的次数已难统计，并被翻译成约三十种文字。据说，当时在偏僻的乡村小店里，除了卖烟酒油盐等生活必需品之外，还要摆上几本《马丁·菲耶罗》，这就是他的人民性和社会价值之所在，这也是对一部文学作品的最高奖赏。

本书于一九八四年在湖南人民出版社初版时，我曾经写过一篇简短的《译后记》。这次译林出版社将《马丁·菲耶罗》收入"世界英雄史诗译丛"，这是一件令人欢欣鼓舞的事情。在经济大潮使许多人头晕目眩的时候，译林出版社能出版这样一套丛书，其独到的眼光和超凡的胆识的确令人肃然起敬，我不仅代表自己，也代表这位阿根廷举国爱戴的高乔歌手向他们表示由衷的敬意。

从大学时代起，我就对这部史诗产生了兴趣，但试图将它译成中文，却是一九七六年的事情。这期间，时译时停，时断时续，参考了六七个版本，翻译了六七年，也修改了六七次。这次，又重新校订了一次，并撰写了这篇序言。

如果说诗歌不可译，那么这部乡土气息浓郁、方言俚语丰富的长篇史诗的翻译就更加困难了。"明知不可为而为之"，倒不是我对自己有多大信心，而是觉得该做的事情总得有人做,权当抛砖引玉吧。

本书的翻译出版曾得到过许多人的支持和帮助,否则是不可想象的。在帮助我的许多外国朋友中,我特别要向雷吉萨蒙教授(Dr. Carlos Alberto Leguizamon)表示感谢。他曾在阿根廷科尔多瓦大学任文学系主任,而且是高乔文学的专家,在本书出版前,他正在北京第二外国语学院任教,在最后定稿时,他给了我许多热情的帮助,我们并由此而结下了"忘年交"。当年他精神矍铄,鹤发童颜,不料竟在回国后不久仙逝,但愿本书的再版能使他的在天之灵得到一点安慰。

本书的翻译出版得到了许多西班牙、葡萄牙、拉丁美洲文学研究会的同志的大力支持和热情鼓舞,谨在此向他们表示深切的敬意和谢意。

在笔者要结束这篇序言的时候,北大外事处告诉我有一位阿根廷的老朋友要见我,原来是《马丁·菲耶罗》译者协会会长戈麦斯·法理亚斯教授。他曾为繁体版《马丁·菲耶罗》作序,但他对拙译却多有褒奖。溢美之词虽不敢当,但他这种坦荡的胸怀着实令人敬佩。另外,他说阿根廷已出版了埃尔南德斯的七卷本的全集,并出版了由梅内姆总统作序的豪华本的《马丁·菲耶罗》,其中包括下卷第三十二章(《训子篇》)的各种文字的译本,可见阿根廷对他们的高乔史诗是何等的重视。

没有诸多朋友的支持和帮助,本书的出版是不可能的。但由于本人的水平所限,谬误之处在所难免,望读者和同行们不吝赐教。

赵　振　江

于燕北园

高乔人马丁·菲耶罗

一

我在此放声歌唱，
伴随着琴声悠扬。
有个人夜不能寐，
都只为莫大悲伤。
像一只离群孤鸟，
借歌声以慰凄凉。

我乞求上苍神明，
帮我把思绪梳拢：
因为在此时此刻，
我要将往事吟咏。
请让我记忆分明，
并使我理智清醒。

求神圣各显奇能，
来助我一臂之力。
眼发花无法看清，
舌打结不能言语。
求上帝将我佑护，
度过这窘迫时机。

曾见过多少歌手，
俱都已功成名就。

可就是从此以后，
未能将声誉久留。
起跑前耗尽气力，[①]
岂能够独占鳌头。

克里约[②] 所到之处，
菲耶罗更能到达。
征途中从不却步，
鬼怪也无奈于他。
人人在高歌吟咏，
我也将豪情抒发。

我情愿吟唱而死，
一直到入殓盖棺。
我本当引吭高歌，
直唱到圣父跟前：
在母亲腹中孕育，
已神往人世歌坛。

愿舌儿莫要失灵，
愿新词无尽无穷：
我要把光荣业绩，
在此处开怀吟咏。
我定要放声高歌，

---

① 赛马前，两匹马要同时从起跑线出发，否则无效。有时为了使对手的马产生疲劳，骑手们故意地反复起跑。

② 克里约即美洲出生的欧洲人后裔。这里指高乔人。

哪怕它地陷天倾！

坐在这山脚平地，
唱一段佳话传奇。
宛似那清风习习，
牧草儿瑟瑟寒栗。
各种牌[①] 应有尽有，
出什么随心所欲。

我根本不通文墨，
但却要引吭高歌。
歌喉将永无休止，
直唱到耳聋齿落。
音色清清如泉水，
似浪花滚滚成河。

轻抚这六弦古琴，
喜格调高雅清新。
一旦我开怀吟咏，
自当是盖世超群。
挑大弦嫠妇哀怨，
拨小弦游子沉吟。

羊群里我是头羊，
牛群里我亦称王。

① 各种牌即金币、金棒、金杯等花色的纸牌。在此即唱什么都可随心所欲的意思。

生来便不同凡响，
不服气可来较量。
站出来唱它一曲，
比一比谁弱谁强。

遇风险无所畏惧，
全不怕白刃临头。
我懂得善以善报，
也知道以仇对仇。
困窘事般般皆有，
谁曾见我犯过愁。

吉或凶本由天定，
事临头我自从容。
将世界比作擂台，
对此举不必吃惊：
既然你是条好汉，
处处应抢占上风。

高乔人非同小可，
正如我前面所说：
嫌大地不够辽阔，
我志向更加巍峨。
毒蛇信不把我伤，
太阳光不把我灼。

我如同自由之鱼，
出生在深深海底。

只要是天主恩赐，
任何人休想夺取。
原本是我的东西，
不能少一分一厘。

自由是我的荣光，
生活像飞鸟一样。
不在此建窝筑巢，
都只为苦多愁长。
任何人休想追上，
一旦我展翅翱翔。

我未曾享受爱情，
但自由给我报偿；
恰如同美丽小鸟，
跳跃在花木枝上。
苜蓿草权作卧榻，
身披着闪烁星光。

陈述我痛苦遭逢，
大家要仔细听清。
要不是万不得已，
我不会厮杀拼命。
不平事屈指何多，
受凌辱最最难容。

诸位请赏光细听，
高乔人诉说衷情；

他曾是贤夫慈父，
既强干又复精明。
竟拿他当作强盗，
看世上多么无情！

二

切莫要向我诉苦，
苦海中我最知情。
尽管你身跨雕鞍，[①]
显威风万万不行：
高乔人精明强干，
也难奈路多不平。

谁如在生活里面，
饱尝了苦难悲伤，
他就能积累经验，
为他人提供良方。
唯有这受苦流泪，
对人们教育深长。

男子汉满怀希冀，
盲目地降生人间。
可是你刚刚起步，

① 即处在优越的地位。

灾难却接二连三。
教训会永无休止，
时间乃过眼云烟！

我熟悉这块土地，
乡亲在这里栖居。
各有座小小茅舍，
还有那儿女娇妻……
看他们欢度岁月，
那真是其乐无比。

启明星升上天角，
在空中灼灼闪耀。
雄鸡啼此起彼伏，
向我们司晨报晓。
高乔人兴致勃勃，
急忙忙奔向厨灶。

先坐在炉火一旁，
等候着天色大亮。
品尝着马黛苦茶，
一直到腹内发胀。
看妻子睡得香甜，
把篷秋盖她身上。

已然是拂晓时分，
东方正渐渐发红。
小鸟儿鼓噪歌唱，

老母鸡跳下枝藤。①
干活儿时间宜早，
各自都前去上工。

这一位系紧马刺，
那一位低吟起程。
有人找柔软鞍垫，
有人挑皮鞭索绳。
栅栏里烈马嘶鸣，
待主人同去出征。

他本是驯马短工，
正走向牲口厩棚。
有匹马不耐久等，
肆意地咆哮不停。
这畜生实在可恶，
尥蹶子乱踢乱蹬。

高乔人聪明伶俐，
一下子套住马驹。
再给它备好鞍鞯，
便飞身跨上马去。
天赐他矫健敏捷，
表现出游刃有余。

荒滩上四蹄翻腾，

① 鸡栖于树，天亮便下来。

劣畜生横撞直冲。
高乔人扣紧马刺，
接连将马肋刺疼。
耳听得鞍韂作响，
马狂怒直立空中。

昔日里乡亲驯马，
真令人骄傲自豪！
高乔人技艺精巧，
不怕它打滚放刁。[1]
只要将缰绳勒住，
哪匹马敢不站牢！

一些人正把马驯，
另一些离开家门。
他们去围拢牲畜，
或是在集合牧群。
全不觉时光流逝，
欢快中日已西沉。

当夜色垂下帐幔，
全家在厨房聚餐。
燃起了熊熊炉火，
说不尽万语千言。
畅胸怀扬扬自得，

① 有的马会前腿腾空而立，然后仰卧下去，在地上打滚。这对驯马人来说，是非常危险的，只有技艺高超，才能驾驭。

一直到吃罢晚餐。

只要将肚子吃饱，
万事中唯它重要。
在爱人怀抱当中，
美美地睡上一觉。
第二天清晨早起，
继前日再去操劳。

忆往昔多么美妙，
高乔人多么自豪！
跨骏马前去劳作，
乐陶陶喜上眉梢……
可如今受人凌辱，
像破鼓随人乱敲！

高乔人最为不幸，
有马群毛色纯青，
而且他不乏安慰，①
论处事强干精明……
牧场上放眼观望，
遍野是骏马奔腾。

给马群加盖烙印，
这活计动魄惊心！
套马手成群结队，

① 这里的安慰有人理解为妻子，有人理解为金钱。

显本领勇敢过人。
昔日里各显绝技，
真可谓美妙绝伦。

已不像艰苦劳动，
简直是佳节美景。
这一下套得精彩，
论技艺炉火纯青。
主人便将他叫住，
犒赏他烧酒一瓶。

细脖子大肚太太，①
常挂在小车底下。
那汉子顺手取来，
抱瓶颈雄姿英发。
对着嘴开怀畅饮，
如同将母乳吮咂。

每逢有集会场合，
诸事早准备停当。
都去为工友帮忙，
少不了谦恭礼让。
大伙儿聚在一起，
玩耍得多么欢畅！

妇女们清晨忙起，

① 指一种泥制的细脖大肚的酒瓶。

到黄昏未曾稍停。
烹调好佳肴美味，
款待着好友亲朋。
高乔人如此度日，
真可谓其乐融融。

带皮肉整块端上，
烧烤得扑鼻喷香，
玉米粥磨得精细，
更有那馅饼酒浆……
可命运偏不作美，
这一切皆化黄粱。

高乔人住在家园，
原本是理得心安。
好家伙！你看现在……
世道竟如此艰难，
穷人为逃避官府，
连性命都难保全。

如果你走进茅屋，
又恰被村长发现，
像老鹰捕捉小雀，
哪管你老婆流产……
夜再长终有尽头，
绳再粗迟早会断！

倘若被村长抓住，

霎时间性命难保。
原地便给予严惩，
好一顿棍棒犒劳。
高乔人若是反抗，
反诬你流氓强盗。

打得你脊背红肿，
打得你脑瓜开瓢。
你已是鳞伤遍体，
他那里淡写轻描。
五花绑将你捆好，
送你去品尝“塞包”。[1]

不幸便这样开始，
好戏[2] 从这里开篇，
不叫你充军服役，
就叫你前往戍边。
哪管你愿与不愿，
想得救难上加难！

我如此受罪遭殃，
就如同诸位一样。
各位请赏光注意，

① 塞包(cepo)是一种刑具。通常是用两根方木制成，一端用合页联结，另一端用锁锁起来。方木上有圆孔，可以将囚犯的手足或脖子固定在里面。

② 原文中的 Pericón 是一种四人舞蹈，因为至少要两对人参加。这里译为“好戏”是意译。

待我再细说端详。
人若是陷入绝境，
连神仙都不帮忙。

三

在故乡曾有庄田，
与妻儿合家团圆；
但后来开始遭难，
被发配前去戍边。
归来时所剩何物，
破草棚断壁颓垣！

在家时生活美好，
享安乐如鸟在巢。
可爱的小小儿女，
在身边渐渐长高……
遭不幸全家离散，
只剩下满腹牢骚。

我热衷光顾酒馆，
人儿多场面热闹。
只喝得热血如潮，
每当我酒醉魂飘，
歌词儿脱口而出，
似泉水涌流滔滔。

有一次盛会欢乐，
我正在引吭高歌。
法官他正中下怀，
好机会不肯错过。
他亲自赶到现场，
竟下令一齐捕捉。

狡猾的流窜强人，
全部都落入罗网。
我本是老实忠厚，
逃性命又为哪桩！
自认为理直气壮，
任他们将我捆绑。

洋鬼子摇着风琴，[①]
小猴子跳舞逗人。
我们正捧腹大笑，
这时候灾难降临。
洋鬼子高大拙笨，
也哭得好不伤心！

还有个英国壮工，[②]
在述说上次战争，

① 在拉丁美洲至今仍可见流浪艺人带着手摇风琴各处卖唱。

② 当年有些外国人在那里从事挖沟渠、修地界等高乔人不愿干的工作。

因为是“鹰肝烂”人，[①]
不愿去服役当兵。
他只得只身逃跑，
大山里躲避风声。

这才叫一网打尽，
连听众都在其中。
歌手被套上绳索，
还有那耍猴先生。
只一人得以幸免，
老板娘说了人情。

舞会上被捕之人，
被官府编为“新军”。
还有些前科囚犯，
掺进来合为一群。
魔鬼都难以想象，
这里的异事奇闻。

在上次投票选举，
法官已怀恨心中。
那一天我没到场，
开小差无影无踪。
因此才积下宿怨，
说我是逆党[②] 不忠。

---

① 原文中 Inca-la-perra 是 Inglaterra 的谐音。这里将“鹰肝烂”作为英格兰的谐音。
② 逆党是指当时执政党的反对派。

这一回遭此惩处，
或许是替罪羔羊。
对选举从不过问，
哪管他政界沧桑。
我本是高乔好汉，
不喜欢这套名堂。

只为将我们派遣，
许空愿累积如山。
法官向我们宣布，
一遍遍不厌其烦：
“孩子们，六个月后，
定派人前去轮换。”

我带上千里乌骓，
顶呱呱出类拔萃！
用它在阿亚古秋，[①]
赢金钱强似圣水。[②]
高乔人需要骏马，
困窘时可免狼狈。[③]

我当时并不迟疑，
马背上驮好行李。

① 阿亚古秋(Ayacucho)是布宜诺斯艾利斯省的一个地方。

② 这里是说，他的骏马比圣水更能赚钱。圣水是基督教举行洗礼时用的水，仪式过后教徒要自愿给教堂捐钱。

③ 指困难时可以用马赌钱。

带走了篷秋鞍垫，
家里的全部东西。
只剩下半裸妻子，
全没有遮体之衣。

备好了全套马具，
那次我一无所留：
嚼子和缰绳辔头，
马绊和套索套球……
别看我今日寒酸，
就怀疑我在吹牛！

如此便跨上骏马，
赴边陲起程上道。
朋友们若是看见，
这些个破楼烂堡……
老鼠都不屑一顾，
耗子洞远比它好。

那里的所有穷人，
遭祸殃在所难免。
你若是牢骚满腹，
老年人也难保全，
抓你去经受“四刑”，①
直到你命归黄泉。

① 这是一种特殊的刑罚。将受刑者的手足用四根沾湿的皮条紧紧固定在四根木桩上。随着皮条越来越干，便拉得越来越紧。

下午的点名会上，
长官是令重词严：
“开小差若被抓住，
抽他个五百皮鞭！
要严惩绝不从宽，
干脆说打死算完！”

没人将武器发放，
大家都没有刀枪。
那时节听人言讲，
统统由上校执掌。
只有当敌寇侵犯，
才发到我们手上。

开始时东游西逛，
只养得膘肥体胖；
可要是……提起后事，
真叫我……有口难张。
不像话！对待我们，
简直如囚犯一样！

哪管你是非短长，
宝剑已顶在脊梁。
虽然你毫无差错，
巴来摩[①] 一样下场。

① 巴来摩(Palemo)：地名，这里指独裁者罗萨斯(1793—1877)时期设立的军营。

“塞包”是家常便饭，
每次都遍体鳞伤。

说什么土人侍奉！
军营中全无后勤！
上校把我们指挥，
为他去开荒耕耘。
我们便将他牛群，
白白地送给土人！

开头我种植小麦，
接着去修造畜栏；
做土坯垒建墙垛，
剁稻草砌堵泥垣。
这些事全都白干，
没给过一个铜钱！

谁若是偶有怠惰！
那惩罚最是难熬。
把刑具统统用上，
恰如同地府阴曹。
我实在不敢消受，
这也叫为国效劳。

在那里一年有余，
整日价操劳不息。
我敢说……印第安人，
当时是随心所欲：

任出入无人过问，
凭来往从容不急。

探马从外面归来，
有时候告诫我们：
大家要提高警惕，
闯进了印第安人，
有牲口足迹可查，
或是有马匹尸身。①

只有在紧急时刻，
才传出集合命令。
两个人一匹骣马，
急慌忙赶到军营。
可怜是手无寸铁，
各自都胆战心惊！

那时才屁滚尿急，
纯粹是胡闹一气！
对诸多高乔新兵，
要进行操练演习。
真糟……只一个教官——
还不会立正稍息！

那时节才发武器，

① 高乔人不食马肉，印第安人则食马肉，因此有死马尸骨说明有印第安人在活动。

说是要捍卫城堡。
武器有长矛马刀，
还有些绊马索套……
枪械我根本没瞧，
只因为没有弹药！

老军曹酒后唠叨：
原本是不缺弹药；
卖给人去打鸵鸟，
后来被他们卖掉。
就这样没日没夜，
子弹被鸵鸟报销。

当土人带着赃物，
扬长去，得意扬扬。
我们才匆忙出击，
在后面紧追不放。
凡东西他们遇上，
全部都一下抢光。

那真是祸从天降，
到处是泪眼凄凉。
别指望他们手软，
土著们铁石心肠：
杀和抢从不犹豫，
然后再火烧村庄。

连那些可怜婴儿，

也不能幸免偷生。
土著们逢人便杀，
全不管年长年轻。
用长矛处理万事，
但只听一片杀声。

黑鬃毛① 迎风飘动，
真让人肉跳心惊。
左手上勒紧缰绳，
右手里握住长缨。
长枪下皮开肉绽，
所指处百无一生。

打从那沙漠深处，
跨战马长途驰奔。
理应该累得半死，
又何况饥渴难忍。
土著们勤似群蚁，
无昼夜精神振奋。

我善舞球索流星，
技艺高炉火纯青。
当对手尚未接近，
将球索抛向空中，
这一下若是击准，
管保他丢下性命。

① 指印第安人平直的长长的黑头发。

土著们生命力强，
就如同乌龟一样；
纵然是破肚开膛，
从不见失措惊慌，
把肠子塞进肚里，
弯下腰飞跑逃亡。

抢东西随心所欲，
然后便扬长而去；
曾听到人们诉说，
常掳走可怜妇女，
为防止她们逃离，
生剥去脚上肉皮！

见此等伤天害理，
谁不似利刃剜心！
将他们远远追赶，
无奈何筋疲力尽；
坐下马老迈无用，
岂能够赶上他们！

两三天角逐过后，
我们又返回老营。
为日后将马卖掉，
先将它散落途中：
抛后面使之休憩，
待将来便于收拢。

土著们又来进犯，
我记得曾有一回，
徒劳地又去追赶。
土著们大逞神威，
挥长矛各显本领，
孬种们胆丧魂飞。

他们早埋伏山后，
在暗中窥视我们……
菲耶罗竟被土著
错当成懦弱小人！
耳听得马蹄声响，
炒豆般乱乱纷纷。

他们虽人多势众，
我们也准备相迎。
列成队摆好阵势，
尽管是缺将少兵。
土著们打着嘴巴，①
齐奋勇向前猛冲。

看他们来势汹汹，
直搅得山摇地动。
对打仗我是里手，

① 印第安人进攻时，一面呐喊，一面用手掌打着嘴巴，发出哇哇的声音，以壮声威。

也不禁大吃一惊，
因为我骑匹生马——
从山里套的畜生。

乱糟糟杀声震天！
急忙忙飞步向前，
鼓士气齐声呐喊，
土著们人人参战。
真个的吓得我们，
似野马四处逃散！

野人们骑着骏马，
出奇兵疾如闪电！
那时节敌我交错！
相厮杀乱作一团。
舞长矛得心应手，
要刺谁随意挑选。

倘若是被他刺中，
便休想保全性命。
沿山坡只得退走，
谁还想争强斗胜。
就像是一群鸽子，
逃避那凶残鹞鹰。

野人们枪法高明，
灵巧得令人吃惊！
一口气穷追不舍，

使我们陷入困境。
只有马跑得更快,
才算是逃出性命。

那场面多么凶险,
烈火上又把油添!
来了个印第安人,
持长矛唾星飞溅:
“基督徒全要干掉,
戳他个两面透天!”

他伏在马背之上,
抡臂膀挥舞长枪,
浑然似套索一样。
冲着我怒吼逞狂:
我若是稍一大意,
定被他枪挑身亡。

倘若我急躁、胆怯,
绝不能死里逃生。
我向来勇敢无畏,
这一次却也不同。
禁不住怦怦心跳,
恰似那青蛙前胸。

他一心只想杀我,
愿上帝宽恕野人……

我解下三星球索，[①]
诱使他跃马紧跟。
若不是带有此物，
我肯定一命归阴。

他本是酋长之子，
经调查才知底细。
无奈何情况紧急，
实在是形势所逼。
最后我抛出球索，
打得他卧地不起。

我立即扑到地上，
踏住了他的肩膀。
他发出痛苦呻吟，
装作出可怜模样……
我总算行了善事，
打他个蹬腿身亡。

眼见他气绝身死，
我跨上他那征鞍。
若被抓必死无疑，
我只身冲出围圈。
似小鸟挣断绳线，
急匆匆仓皇逃窜。

① 套索上有三个石球，像天上的三星一样。

四

尽管这故事冗长，
我继续往下细讲。
那一次逃得性命，
真令人魂飞胆丧。
又有谁能够想象，
今后是如何下场。

我讲得过于匆忙，
一直未谈到关饷。
每隔上三日五日，
便吵嚷穷得发慌：
人们在翘首伫望，
可从来不见军饷。

浑身全污秽不堪，
看一眼令人胆寒。
我可以对天发誓，
见此情谁也心酸！
我生活犹如猪犬，
那时节确属可怜。

上衣竟没有一件，
更没有其他衣衫。

襤褛衣终作何用？
只能够把火引燃……
人生中三灾八难，
住碉堡为首当先。

篷秋和马具皮鞭，
锦衣上缝缀银钱。①
朋友啊，在军营里，
一天天全部丢完。
贫穷再加上老鼠，
已使我如痴如癫。

那时候所剩何物，
就只有披肩一条。
掷骰子赢它到手，
盖身上御寒防潮。
虱子竟当作乐土，
遇特赦都不愿逃。

连那匹乌骓骏马，
也从我手中失掉。
老弟我并非呆傻，
可那天来了少校。
说什么他要牵走，
“调教它学吃精料”。②

① 骑手们在宽腰带或衣服上用金、银钱币做装饰品。
② 为了参加比赛，要给马吃玉米、大麦等精饲料。

想各位都能会意，
您朋友命运不济。
徒步走露着肚皮，
赤条条受苦受气。
这惩处恶劣透顶，
真可谓登峰造极。

就这样岁月荏苒，
过一年又是一年。
这世道依然如故，
和过去一脉相传。
好像是苍天有意，
叫人们受此熬煎。

其他事情不准干，
有何方法解愁烦，
高乔清晨早早起，
身带套索到荒原。
这时土人未出现，
套捉野马无人拦。①

待到我们回老营，
人困马乏难形容。
不过经常有收获：
野兽皮毛鸵鸟翎。

① 指无主人的马。在当时的潘帕草原上有许多这样的马群。

只要一见店老板，
这笔交易就算成。

老板朋友是长官，
自己开座小酒店，
我们给他鸵鸟毛，
他给我们茶和烟。
若将兽皮交给他，
还能得到几个钱。

店内只有空水缸，
还有两只小酒坛。
人们需要也有限，
这就足以随心愿……
有时甚至误认为，
那是一个百货店。

哈哈，老板真能干！
货物准备挺齐全。
嘿嘿，胃口似鸵鸟，①
见物就吞好贪婪！
人们送他美绰号，
叫作“积德杂货店”！

做买卖岂能亏本，
赚点钱理所当然。

① 鸵鸟见食物就吞。

可只用水缸几口，
也未免有点过奸。
换得了皮、毛、鬃尾，[①]
直装得车车如山。

我们都各有赊欠，
账本比念珠还多。
听说是即将关饷，
或预支救济款额。
大老板这只狐狸，
将“财神”生吞活剥。[②]

军饷钱从来未见，
拖欠了多少时间！
就在这小小酒店，
预支了一点零钱。
数目虽极为可怜，
人们却喜笑开颜。

有人去赎取衣裳，
是因为早已典当；
也有人前去付款，
是因为早已欠账；
到头来肥了老板，
全吃到他的嘴上。

① 这里的毛指的是鸵鸟的羽毛。
② 原文中是“委员”，指发放钱饷的人。

我靠在木桩旁边，
等候着发放饷款。
满脸的和颜悦色，
装得像又傻又憨。
只等着将我召唤，
好领取卖命份钱。

站立在木桩旁边，
等候了多少时间。
差不多已到晚祷，
依旧是动静杳然。
我觉得事情不妙，
心焦躁顿起疑团。

为厘清心中烦乱，
找官长当面交谈。
且装作毫不在意，
小心地对他开言：
“这饷款几时到手，
是不是要等明天？”

阴沉沉他把脸变：
“有什么明天后天！
这饷款早已发遍，
你真是畜生混蛋！”
我连忙赔个笑脸：
“没收到一个铜板……”

他马上瞪起双眼，
像两支离弦利箭。
紧接着便把话讲，
睁怒目将我射穿：
“名册上根本没你，
你想领谁的饷钱！”

“这件事真够稀罕！”
我心中暗自盘算，
“来此处已过两载，
没见过一枚铜钱；
干杂役样样有份，
花名册却不沾边。”

眼见得难以申冤，
不愿再白费时间。
对那些顶头上司，
最好是委曲求全。
躬下身连忙后退，
也免得自找麻烦。

少校已全部知晓，
第二天便把我召。
说什么进行调查，
证据要确凿可靠。

罗萨斯[①] 一去不返，
现在是办事公道。

他叫来伍长军曹，
立刻便落实查证：
哪一天开始服役，
是何时来到军营……
坐骑是什么类型，
是官养还是野生。

这纯属胡搅蛮缠，
存心要浪费时间。
分明是将我敲诈，
要把戏暗设机关。
可要是去找上校，
定将我捆上木杆。

让这些坏蛋坯子，
被贪心胀破肚肠！
哪怕是一片烟叶，
都不让士兵分享。
我们剩一把瘦骨，
比不上一只驼羊。[②]

我恰似沙漠雏鸵，

① 胡安·曼努埃尔·罗萨斯(1793—1877)是阿根廷历史上有名的大独裁者。
② 驼羊是美洲的一种动物，又名骆马，大小似羊。

对他们无可奈何。
倒不如暂且装死，
也免得惹下大祸。
虽然是心中有数，
且装作昏聩梦魔。

五

我真是灰心丧气，
等待着良好时机。
一旦有土人侵袭，
混乱中溜之大吉。
趁那时逃之夭夭，
返回我家乡故里。

既不是吃粮当兵，
更不是保卫边境；
简直是老鼠洞穴，
恶猫在霸道横行。
恰好似开局设赌，
骰子上总是“独坑”。①

颠倒了青红皂白：

① 赌场上的骰子里灌了铅，无论你怎样掷，骰子总是一个点的那一面朝上，因而掷的人总是输，从不会赢的。

士兵们变成短工。
为他人去做苦役，
村落间往来匆匆。
待土著进行抢掠，
才又去应召从戎。

把戏中我已发现，
长官们多有庄园。
长短工不计其数，
马牛羊喂满圈栏。
我虽然见识短浅，
这勾当也能看穿。

做官要地位牢靠，
只需有四件珍宝：
骏马和责任心高，
篷秋再加上马刀。
这原是天经地义，
偏这里另是一套。

我深谙世态炎凉，
但已是病入膏肓。
我倘若久留此地，
必定会客死他乡。
也只有逃出虎口，
才算得安全妥当。

只由于发生口角，

好家伙,那天晚上,
就好像硬拉皮绳,
又将我绑在桩上!
真个是心毒手狠,
我差点筋断骨伤。

那一次事出蹊跷,
我终生永难忘掉。
深夜里回到营房,
一新兵正在放哨。
他喝得醺醺大醉,
我是谁竟不知道。

外国佬[①] 性情粗野,
说出话无法听清。
不像是基督信徒,
谁知他何处出生。
只听他喃喃自语:
他是“那不乐死扔”。[②]

他本是值班哨兵,
只因为醉眼蒙眬,
看不清我是哪个,
便闹得风雨满城。
蠢东西无端发难,

① 哨兵是外国人。诗中的外国佬一般指意大利人。
② 这里是模仿发音不清楚的意大利的可笑的口音,原意应是“那不勒斯人”。

把我当婚筵鸡羹。[①]

他看见我在靠近，
“你是蛇？[②]”连忙发问。
“嚷什么？”我即答复，
他吼道：“壮猪！”“壮猪！”[③]
我嘴上悄悄嘀咕：
“你小子才是壮猪！”

说话间，我的老天！
忽听他拉动枪栓。
我连忙弯腰蹲下，
蠢东西射出子弹。
醉汉子没有瞄准，
否则这故事算完。
枪声响事情传开，
军营内骚乱起来。
众官长纷纷出洞，
热闹戏马上彩排。
洋鬼子安然无恙，
我上桩又是白挨。

地上插四把刺刀，
把我在中间放倒。

① 在祝贺婚礼的筵席上，大家都要吃火鸡，即被众人宰割、欺侮的意思。

② 外国佬发音不清，将“你是谁”说成“你是蛇”。

③ 译者在这里利用的是“壮猪”与“站住”的谐音。原诗中的意思大体如此，谐音的词则不尽相同。

醉醺醺少校来到，
在那里大喊大叫：
“捣蛋鬼，我教训你，
看军饷该不该要！”

用四根肚带皮绳，
捆手脚紧紧绷绷。
尽全力四下拉拽，
咬牙关我不作声。
过后我对那哨兵，
一整夜骂个不停。

我不知政府为何
派洋人来保边疆。
外国佬胆小如鼠，
连牵马都不在行。
可官方竟然相信，
他们会勇似虎狼。

只知道掺乱添烦，
全不会备马搬鞍。
我多次亲眼看见，
宰牲口不敢近前。
牛羊已撂倒地上，
仍不敢靠近沾边。

官长们消磨时间，
面对面一味清谈。

大小事均需服侍，
连烤肉都要人端。
像阔少那般娇弱，
这倒是名不虚传。

暑天里不堪忍受，
寒冬里浑身颤抖；
除非是有人奉送，
要不然烟都不抽。
谁捞到一把烟叶，
你来抢他也来偷。

下雨时胆战心惊，
像只狗怕闻雷声。
鬼子们半男不女，
没一点男子雄风！
小物件不感兴趣，
见篷秋非偷不行。

望远处恰似盲人，[①]
任何事都不精通。
见黑影眼前掠过，
更不敢弄明查清：
究竟是一只鸵鸟，
或者是骑手、畜生。

① 高乔人生活在大草原上，都有极好的视力。外国人是比不上的。

要是将敌人追踪，
过好久才敢出营。
上马便臀部起泡，
到处躺七竖八横。
正如同让猫孵鸡，
那鸡蛋算是白扔。

六

我一生经历不少，
现在才刚刚开场。
我一生时乖运蹇，
不幸事成串成行。
每一个痛苦灵魂，
都愿意倾诉愁肠。

那时节已将马匹
全部都聚在一起。
士兵们赶来集合，
集中在老营那里。
对土著印第安人，
要进行一次偷袭。

当时向我们说明，
一定要轻装前行。
若是在土著营内，

立功劳赢得光荣，
归来时犒赏高乔，
并准许探亲归省。

在此次讨伐当中，
说我们前途光明。
还宣布上司驾到，
是什么部长先生。
何许人我说不清，
人称他“母鹅先生”。①

全军就开始集中，
包括了各个连营。
带来了一些大炮，
涂满了线条纵横。
话匣子从此开始，
简直是喋喋不停。

要知道这种陷阱，
难骗我狐狸精灵：
无论他部长来去，
对逃犯无足重轻。
我也非无名之辈，
老板的账上有名。

① 当时阿根廷政府的作战部长是马丁·德·卡因萨上校，在西班牙语中，卡因萨(Gainza)与母鹅(Ganza)的发音极相似，因此诗人在这里用“母鹅先生”。

高乔人不愚不憨，
我向来精明强干。
既然是英雄好汉，
就不怕火海刀山！
生平中每遇风险，
总使我获益匪浅。

我自从幼年时起，
就学会自力更生。
尽管是身居底层，
不懂得附凤攀龙。
倘若是受苦太多，
那也会不甘欺凌。

我自知见识短浅，
这条命本不值钱。
是野兔还是猎犬，
虽要靠命运决断，
可那些上司长官，
也应该关心一点。

那一天漆黑夜晚，
集合在帐篷里边。
有人在传杯把盏，
是长官与那法官。
我再也无法忍耐，
跨上鞍快马加鞭。

一旦我自由自在，
田野上鲜花盛开。
我可以随心所欲，
指挥着胯下坐骑，
即便是夜色如漆，
也能够到达目的。

危险中出没往返，
我从未胆战心寒。
遇危难毫不气馁，
从未给高乔丢脸。
识路途像猪一般，①
很快就找回家园。

白白地经受熬煎，
三年后重返家园。
开小差两袖清风，
只求个时来运转。
穿山甲藏进洞里，
避风险暂把身安。

旧草房荡然无存，
只剩下茅草几根。
也只有苍天知晓，
多么地令我伤心。
那时候我曾发誓：

① 西班牙语中有句谚语：女婿和母猪路最熟，去过一次就不迷途。

比豺狼还狠十分！

经受过这般苦难，
谁也会如丧考妣。
老实说我的哭声，
像妇人惨惨凄凄。
主啊，我痛苦境遇，
胜过你受难前夕。

只听得几声尖叫，
幸存着一只公猫。
隐藏在野兔窝里，
可怜虫才把命保。
我回来无人通报，
它却像早已知道。

离家时牛羊满圈，
本是我全部家产。
法官曾许下诺言，
很快能解甲归田。
财产由妻子照管，
直至我重返家园。

……
……

后来据邻居言讲，
只为将债务抵偿。

田地被人家要走，
又复将牲口卖光。
谁知有多少变故，
反正是家破人亡。

最可怜我那儿子，
挣扎着受尽折磨。
自己去当了长工，
可他们哪会干活！
就像是小小幼鸟，
没长毛刚刚出窝。

可能就从那以后，
也像我饱经风霜。
兄弟们从不分离，
众人都如此言讲。
大概是基督信徒，
将他们留下收养。

我老婆更为可怜，
天晓得多么艰辛！
人说她高飞远去，
与哪只鹰隼成婚，
一定是觅食糊口，
既然我未留分文。

向来是有富有穷，
这本是人之常情。

身旁有一群儿女，
腰中却一文不名。
假若是不想饿死，
不再婚又怎能行。

再不能邂逅团圆，
亲爱的宝贝心肝！
既上帝不将我佑，
但愿得保你平安。
对我那小儿小女，
在此也遥遥祝愿。

孩子们离了亲娘，
就如同弃婴一样。
这才是生来命苦，
亲爹又不知去向。
从此后无人照管，
狗见了都不汪汪。[①]

小家伙多么可怜，
到何处去把身安。
哪里有窝棚过夜，
哪里有角落避寒，
既没有篷秋可披，
也没有衬衣可穿。

① 西班牙有句谚语："没有爹，没有娘，狗见了全都不汪汪。"

见他们受此熬煎，
人们却毫不可怜。
说不定在哪一天，
尽管是地冻天寒，
将他们赶离炉旁，
嫌他们碍事添乱。

菲耶罗几个儿女，
只落得被人驱赶。
就如同野狗一般，
夹尾巴四处流散。
或去找好人行善，
或者是躲进深山。

玩什么阴谋诡计，
我也知此种技艺。
我不负天下之人，
但我也至死不屈。
谁再想将我坑害，
定叫他枉费心机。

我原本老实厚道，
却成了逃犯高乔。
可悲的环境当中，
我本是饱尝煎熬。
虽然说土生土长，
已深谙此种世道。

知道它手段狡猾，
知道它心肠毒辣。
知道它陷阱重重，
怎么样将人坑耍。
定叫它露出原形，
拼性命也无二话。

谁若是自找无趣，
定要来与我较量，
我可是像只猛虎，
小虎崽已被偷光，
不叫他败下阵去，
也让他逃亡他乡。

尽管都说高乔人，
痴愚恰似官马[①] 魂，
每逢苦难压头顶，
无人胆敢不屈身，
我看为人莫认命，
只要心中血尚温。

① 所谓官马即无主人的马。在阿根廷独立之前，称为国王的马，一般将耳朵上剪个缺口作为标志。自1832年起，则称为国家的马。在此是任人驱使、无人爱惜的意思，也是说高乔人有些麻木不仁的意思。

七

他们在将我追捕，
诬我是流窜之徒。
我自知在此多余，
又不知去往何处。

不幸事有增无减，
恶命运更加猖狂。
逼得我走投无路，
就只好四处逃亡。

无茅屋又无妻室，
开小差颠沛流离。
口袋里一贫如洗，
叹身上衣不蔽体。

儿女们多么不幸，
我仍想再去寻找。
四下里东奔西跑，
赤条条穷困潦倒。

有一次从旁知晓，
要举行欢歌舞蹈。
寻子的希望已小，

"米龙卡"[①] 跳上一遭。

有多少好友亲朋,
"贝里贡"[②] 跳得高兴。
逢知己得意忘形,
那一夜大醉酩酊。

这一次非同以往,
酒醉后大打一场。
对手是一个黑人,
带一位黑肤姑娘。

黑姑娘走上前来,
对众人不理不睬。
借酒兴我把口开:
"黑……牛……你……也跳舞来。"[③]

黑姑娘懂我说啥,
未迟疑当即回答,
不屑于看我便骂:
"那黑牛是你亲妈!"

跳起舞自高自大,

① 米龙卡是一种欢快的歌舞,又泛指跳舞的节日活动。

② 贝里贡是典型的高乔人的舞蹈,俗称四人舞,因为至少要有两对舞伴。在舞蹈过程中,有时在舞伴之间,以四句一首的小诗互相对答。

③ 原诗中是利用巧妙的谐音来暗讽黑姑娘是乳牛,但被后者当即识破,在下一节诗中反唇相讥。

屁股像狐狸尾巴。
兴冲冲合不拢嘴，
炫耀她玉贝银牙。

我开口哼起小曲，
打油诗唱上一段：
“叫一声：黑色婵娟，
我把你当作鞍垫。

“白人是上帝所做，
圣彼得做穆拉托，①
魔鬼做的是黑人，
好给地狱生煤火。”

黑汉子场外站定，
早已是义愤填膺。
一双眼闪闪发亮，
黑夜里两盏明灯。

我知他性情暴躁，
走上前又去讥嘲：
“男子汉纵是鬈毛，②
也不该怒气不消。”

① 穆拉托是黑白混血人。

② 原诗中是一句双关语，又有“男子汉纵是粗鲁”的意思。这里的“鬈毛”显然在讽喻黑人。

破皮靴[①] 躬身一跃,
自恃他胆大艺高。
对我说:"坏蛋高乔,
世界上数你鬈毛!"

恶狠狠向我扑来,
要将我置于死地。
我抄起一把酒壶,
照准他打将过去。

煤黑子怒不可遏,
吼叫着像头蠢猪。
从腰间抽出匕首,
呐喊着向我猛扑。

我放声喊开众人:
"先生们请听我讲,
给公牛留个空当,
生或死由我独当!"

黑汉子受我一击,
用篷秋护住左臂:[②]
"今天要让你知道,
能不能独当得起!"

① 当时乡村里的黑人都穿一种特殊的皮靴。这里是马丁·菲耶罗对那个黑人的蔑称。

② 高乔人决斗时,往往拿篷秋做盾牌使用。

他正在卷起衣袖，
我便将马刺抽出。
心想着这位老兄，
恐怕是不好对付。

万物中孰能解酒，
遇险情最好消愁，
纵使你贪杯过量，
睁双眼亮在心头。

黑汉子向我猛扑，
似乎要吞我入肚。
一而再向我攻击，
都被我拦截挡住。

“法弓”护盘“爱斯”形，①
是用钢锉加工成；
捅他一下他闪过，
黑汉凶猛往前冲。

我用刀面向下拍，
拍在黑汉头顶间。
双腿摇摆直打战，
脚下走路如拌蒜。

伤口出血流不停，

① 高乔人用的一种双刃长刀，叫作 Facón。刀柄上的护盘一般呈 S 形。

黑汉头发一片红。
发怒犹如小猛虎，
暴跳重来又逞凶。

利刃眼前猛一晃，
寒气逼人闪银光，
刀尖已经够到我，
黑汉刺中我腮帮。

热血沸腾在胸中，
黑汉面前我站定。
向他猛刺又猛砍，
一位魔王丧了命。

最后一个回合里，
用刀将他高挑起。
朝着篱笆扔过去，
尸首像是一袋米。

两只脚蹬了几下，
定然是回了老家。
我终生不能忘记，
他那种垂死挣扎。

黑姑娘抢先跪倒，
两只眼红似辣椒。
在那里放声痛哭，
就像是母狼嚎叫。

我本想打她一顿，
去止住她的哭号，
然而我低头一想，
那样做实在不好，
我不该惩治女人，
出于对死者礼貌。

用牧草将刀擦净，
解开了老马缰绳。
慢慢地跨上鞍去，
隐蔽处缓缓而行。

事过后我才知道，
无人为死者守灵。
用兽皮裹尸埋葬，
连祈祷也未举行。

听人说从那天起，
每逢到夜深人静，
常看见一点鬼火，
恰似那痛苦魂灵。

想将他尸骨扒出，
重新再葬入坟墓，
为使他减轻痛苦，
我不时有此意图。

八

另一次是在酒店，
我正在饮酒用餐。
突然间来个高乔，
他自恃英俊强悍。

来到时将那骏马，
直骑到酒店门前。
我对他不予理睬，
仍站在柜台旁边。

在那里称王称霸，
无人敢奈何于他。
只因与少校先生，
相互间勾勾搭搭。

由于他受到庇护，
举止便得意忘形。
无论谁身遭不幸，
他都要将人欺凌。

可怜虫如果以为
生来就高人一等，
无人敢正眼看他，

死神却目不转睛！

人世间原本如此，
悲剧中大体相同。
无论是甚等样人，
吉或凶早已注定。

他翻身跳下骏马，
推一下巴斯克人。①
递给我半瓶烧酒，
说一声："内弟请饮！"②
我回答："请为令姊，
对胞妹休得费心！"

他说："啊！你是高乔，
出生在何地何方？
大概是自寻坟墓，
或者是不怕刀枪？
俩公驴不能同槽，
你我乃针尖、麦芒。"

撕扭着一同出去，
那汉子动作麻利。
我心中倒也有底，
又凭着眼快手疾，

① 指酒店老板，因其是巴斯克人。

② 称马丁为内弟，是占了他的便宜，故后者也反唇相讥。

一翻腕用那“法弓”，
剜开了他的肚皮。

那时候我与法庭，
早已有纠葛纷争。
一见他乱蹬双腿，
老板也惊叫一声。
为了要闯出栅栏，
我猫腰挤出桩缝。

跨坐骑祷告上帝，
保佑我奔往他乡。
被称作游民浪子，①
早抛掉妻室儿郎。
遭不幸一桩一件，
忆往事落泪悲伤。

总是要东逃西躲，
受贫寒又受折磨，
无洞穴又无巢窠，
似强盗被人捕捉。
只因为是个高乔，
平白地就有罪恶！

像一匹驿站老骥，
你用毕他又牵去，

① 当时的阿根廷政府曾几次颁布法律惩治无业游民，一般是送往戍边。

捉弄他永无休止。
打从他幼年时起，
像小树生在山上，
谁为他遮风蔽雨？

出生在森林野地，
天为他行了洗礼。
教士说："找娘去吧。"
说完便将他抛弃。
从此他颠沛流离，
像一头负重毛驴。

又像是小小羔羊，
风雨中无人放养。
亲生父充军边境，
为官府服役奔忙。
严冬里瑟瑟颤抖，
无人管又无人帮。

一见你烧酒沾嘴，
就骂你高乔醉鬼；
一见你踏进舞厅，
就诬你极不正经；
只有靠自卫造反，
要不然早晚完蛋！

无儿女又无妻室，
无亲友无靠无依。

大家都称他奴仆，
却无人将他保护。
命运坏和牛一样，
不拉犁进屠宰场。

房屋是野草枯黄，
巢穴是大漠荒凉。
向幼畜抛出套索，
好抚慰辘辘饥肠。
只因是“高乔强盗”，
像逃犯无处躲藏。

在那里纵遭毒打，
打得他四脚朝天，
谁为他祈祷一句，
哪颗心将他可怜？
打完后像对猪犬，
被丢进山洞水边。

和平时分文不给，
打仗时要你当先；
出差错无人原谅，
处罚时绝不容宽。
高乔人生在此地，
只是个投票机关。

对于他只有酷刑，
对于他只有牢笼。

尽管是理直气壮，
总诬你理屈词穷：
“穷人道理像木钟，
干敲不响有谁听！”

忍受，是愚蠢高乔，
反抗，是坏蛋高乔。
无论是鞭抽棒打，
都是他本人自找！
生来就命该如此，
谁让你是个高乔！

命运啊，相守相依，
自从我呱呱坠地；
既然是风尘知己，
就应该形影不离……
我要用钢刀利器，
将道路重新开辟。

九

整日价东躲西藏，
不敢回茅屋草房。
白日里偷偷走近，

惊弓鸟[①] 一样惊慌：
总待在草房顶上，
偷偷将警察瞭望。

高乔人时运不济，
像狐狸被人追击。
只要他稍微大意，
狗群就一齐扑去。
纵然他十分精细，
也难保没有万一。

每当那夜幕降临，
大家都睡意深沉。
他却向草丛走去，
四下里没有声音。
要寻找栖身之地，
是多么疾首痛心。

在白色绵羊身边，
羊羔儿咩咩叫喊，
看奶牛蹒蹒远去，
牛犊儿哞哞呼唤。
可是他不幸高乔，
心有苦能对谁言。

① 在原诗中马丁以卡兰秋(Carancho)鸟自比，这是阿根廷一种隼科的猛禽，它们总是落在树尖上，监视周围动静。

就这样挨到夜晚，
巢穴内去把身藏。
虎既能栖居巢穴，
人何尝不是一样。
我所以不愿回家，
只为把警察提防。

倘若是他们到此，
来完成自己使命，
我尚有个人见解，
一向是身体力行：
高乔人品德高尚，
不打扰惊动女性。

孤零零走向旷野，
比小鹿还要惊心。
像一只丧家之犬，
去寻找草棚栖身。
或躺在兔子窝旁，①
一直到白昼降临。

野茫茫无边无际，
流浪汉毫无目的。
夜沉沉似墨如漆，
高乔人如同鬼蜮。
纵然他睡在那里，

① 据说兔子的窝总是在没有脏物的地方。

也不怕官府捕缉。

希望，是勇敢无畏，
岗哨，是谨慎小心，
救星，是坐骑良骏，
人不寐漏尽更深，
唯苍天将他保护，
除“法弓”别无故人。

……
……

在一个不眠之夜，
我抬头仰望群星。
人愈是惨遭不幸，
星愈是闪烁光明。
上帝把群星创造
正为了慰藉生灵。

对星空满怀深情，
当雨后看到三星，
快乐便油然而生。
在茫茫潘帕草原
高乔人若要逃生
星星是指路明灯。

博士们不值一文，
唯经验才是珍品。

他自诩通晓万事，
在此却一无所知。
只因为高乔学问，
另有它独特窍门。

旷野中一片凄清，
度长夜直到天明。
眼望着繁星运转，
是上帝缔造苍穹。
高乔人与谁为伴，
除禽兽便是孤零。

正如同刚刚所述，
身处在孤独之中。
四周围黑如狼口，
将苦楚诉与清风。
忽听得“嘁喳”① 鸟叫，
竖起耳注意倾听。

像一条蚯蚓一样，
紧紧地贴在地上。
我立刻听到声响，
马蹄声落地铿锵。
骑手们成群结伙，
我一听便知端详。

① “嘁喳”是一种鸟的名字(chijá)。它只要听到一点微弱的动静就惊叫起来。因其叫声而得名。

人若是身处险境，
对事事都须提防；
于是我全神贯注，
将身体俯卧地上。
顷刻间便已听到，
刀刃的磕碰声响。

来的人轻手轻脚，
这使我更加小心。
或许是我被发现，
到此地前来找寻。
然而我不愿逃走，
那岂非胆怯小人？

我连忙画个十字，
喝一口烈酒压惊。
就像是铠鼠[①] 一样，
两只手抱着酒瓶。
倘若要将我收拾，
这机会倒也难逢。

将马刺全都取下，
也免得妨碍厮杀。
再将那裤脚卷起，

① 铠鼠在危险中，总是先让对手做好防备，然后才开始动作。在此，不仅马丁·菲耶罗怀抱酒瓶的动作像是遇险的铠鼠，亦有明人不做暗事之意。

腰带又紧紧束扎。
试钢刀锋利与否，
削根草检验一下。

马缰绳拴在草上，
急用时随手可牵。
马肚带牢牢系紧，
急用时非同等闲。
背靠在骏马身上，
逸待劳心里坦然。

他们已来到身边，
停住脚犹豫不前。
我虽未一下看清，
却已是怒满心间，
对来者高声喝道：
“不怕死尽管上前！”

我想让他们知晓，
这里有好汉一条。
他那里有何企图，
我早已十分明了，
故而才先声夺人，
何必等他们吼叫。①

有个人神气活现：

① 按照惯例，捕人之前应先高声叫喊，使被捕人听清命令以就擒。

“你本是高乔逃犯。
曾杀过一个黑人，
另一个是在酒店。
警察们现已在此，
要和你彻底清算。
你若敢负隅顽抗，
定会把老本输完！”

我赶忙上前答腔：
“杀人事且莫多讲，
那可是说来话长。
我不会束手就擒，
让你们一齐全上，
看能否将我捆绑！”

他们已急不可耐，
跳下马一齐上前，
竟将我围在中间，
就像捉野狗狩犬。
我说声苍天保佑，
持“法弓”与之照面。

忽然间火花一闪，
长铳枪响了一声。
却谁知命不该死，
并未能将我射中。
我趁势将他挑起，

尸首像一条沙丁。[1]

另一个匆匆赶来，
用套球将他招待。
打他个猝不及防，
先让他尝尝厉害。
他像条伤尾恶狗，
逃窜得比狗还快！

他们都恼羞成怒，
一个个恐后争先。
大家伙一拥而上，
我握刀恭候坦然。
急匆匆眼花缭乱，
相互间直把腿绊。

两个人手持利剑，
又骄傲又是横蛮。
破衣服裹住身体，
直奔到我的面前。
他二人同时扑来，
像野狗争食一般。

我佯装向后倒退，
将篷秋忙抛向前。
那一个莽撞汉子，

① 像挑起一条沙丁鱼一样。

一只脚踏在上边，
我急忙用力一拉，
摔他个四脚朝天！

另一个失去伙伴，
急刹车不敢上前。
我趁机向他逼进，
打得他吁吁气喘。
早已经魂飞魄散，
这家伙……抱头鼠窜！

有个人手持长竿，
剪鬃刀拴在顶端。
直愣愣向我冲来，
拴牛的木桩一般。
着实地给他两下，
忙逃命嗷嗷叫唤。

幸好在那个时候，
东方已发白破晓。
我祈求“圣马利亚，
倘若能救我脱逃，
我发誓从今以后，
胜锦葵[①] 放下屠刀。”

我一跃跳到核心，

① 锦葵是一种药用植物。

无所畏面对敌群：
摆架势准备决斗，
这时节上来两人。
我将刀戳在地上，
开玩笑戏弄他们。

有一个想逞能干，
举斧头直将我砍。
挥臂膀将它挡住，
连汗毛也不让沾。
那小子刚要上前，
扬尘土迷他双眼。

等他将尘土抖净，
用双手揉擦眼睛。
我火速飞身向前，
说给他死得清醒：
“愿上帝使你走运！”
一翻腕将他送终。

可就在这个空当，
忽觉得自己肋上，
有马刀替我搔痒，
全身血顿时冰凉；
我立时心头火起，
热腾腾燃我胸膛。

我向后倒退几步，

一直到站稳脚跟；
挥长刀连刺带砍，
要杀这土生白人；
他失足跌进坑里，
我正好送他入坟。

或许有哪位天神，
拯救了高乔灵魂，
只听得一声怒吼：
“不能昧天理良心！
克鲁斯绝不允许，
伤害这勇士高人！”

随话音来我身边，
他反戈给我助战。
我乘势发动反击，
两个人更加灵便。
克鲁斯勇似猛虎，
像保卫虎穴一般。

两个人向他猛扑，
有一个命丧黄泉，
其他人乱作一团，
我们却勇气平添。
说时迟那时可快，
巡警像黄鼠逃窜。

看死尸躺在地上，

嘴脸都拉得很长。
还有个像只皮箱,①
克鲁斯从后言讲:
“还需要再来警察,
把他们装到车上!”

收拾好死者尸体,
做祈祷跪在地面。
十字架木棒做成,
我请求上帝可怜,
饶恕我作孽多端,
这些人都已归天。

将这些可怜死者,
胡乱地堆在一起;
不晓得谁来收尸,
我们向茅屋走去。
或许是那些秃鹰,
用他们饱腹充饥。

我们俩手挽着手,
相互间传递酒瓶。
任何人在此场合,
喝口酒都是雅兴。
克鲁斯虽非酒鬼,
也不惜润润喉咙。

① 指重伤者需横在马背上驮回去,像一只皮箱一样。

我两个润过喉咙，
扬长去兴致冲冲。
就在那沿途路上，
不断地亲吻酒盅。
像仙鹤伸脖环顾，
还唯恐有人跟踪。

我说道："朋友，朋友，
我此去听天由命。
倘若是有人斗胆，
再阻拦我的前程，
我仍要义无反顾，
男子汉当行则行。

"我是个落魄之人，
目前已无处安身。
无木桩能够蹭痒，
无树叶可以遮荫。
不过我尚能自强，
因此上并未灰心。

"当我去服役之前，
原本有妻室田园。
归来时空无一物，
妻子也音讯杳然。
天晓得这种劫难，
到几时才能算完。"

十

克鲁斯

老兄啊,男人在世,
本来是为受艰辛。
这也是大好机会,
方显得意志坚贞。
一直到死神叩门,
才算是寿终正寝。

身穿着破衣烂裳,
对品德却也无妨。
我灵魂虽非高洁,
人受苦我自心伤:
这正像包子一样,
肉馅多不在褶上。①

我不妨对您直言,
我亦有三灾八难。
不幸事确实也有,
尽管我心似铁坚。
倘若是事态需要,
我也会装作愚顽。

① 原诗是一句类似的俗语,即“人不可貌相”之意。

生活虽狼狈不堪，
时常还要些手段。
有时我装生疥癣，
其实却毫无红斑，
可一见酒囊在此，
像乞丐奔向美餐。

只要是身体健康，
灾难就难把我伤。
夏日里头顶烈日，
冬季里何惧冰霜。
人世间既同地狱，
基督徒何必悲伤！

伙计你细听我言，
咱们要正视艰难。
狐狸虽十分奸狡，
也常落陷阱里边。
只为吃羊羔嫩肉，
狐狸皮做了长衫。

咱二人只得忍受，
如今这举步维艰。
但对此不必气馁，
人世间原本这般。
受苦难如同绞盘，
无休止往复循环。

面对着死神双臂，
从不肯低头屈膝。
拖曳着悲惨命运，
尽所能一步一趋。
懦弱者难脱危险，
强者却常常逃离。

每个人所受苦难，
各自都牢记心间。
朋友啊你若问我，
总结得十分简单：
往事已成为过去！
明朝起又是一天！

我也曾有位情侣，
意绸缪浸润心肝。
那时节谁若寻我，
定要去她的跟前。
我恰似一颗纽扣，
钉在她衣襟上边。

在相爱过程当中，
动物都眼亮心明，
娘儿们不是蠢货，
高乔人堪作先生。
必须把琴弦调好，
才能够歌唱爱情。

谁那么心灰意冷，
竟不去爱恋妇人！
只要不杨花水性，
困苦中可慰君心：
男子汉孰为伴侣，
窈窕女才是知音。

倘若是妻子贤慧，
你有难她定相随：
情切切关怀备至，
意绵绵体贴入微。
可你却毫无酬报，
衣裙也未送一条。

与我那美貌婵娟，
生活得滋润甘甜。
度时光惬意快乐，
似蜂蝶迷恋花鲜。
朋友啊，何等岁月！
美娇娘惹人爱怜！

似骄鹰从天而降，
落在了一棵树上。
当东方现出霞光，
比彩云更加漂亮。
她好像一朵鲜花，
苜蓿中正在开放。

朋友啊，细听我讲，
有一位领兵官长，
他向来无孔不入，
去我家东张西望，
我深知此人举止，
一定是居心不良。

他与我朋友相称，
我对他却不领情。
他既是顶头上司，
我怎能与他抗争。
粘在我茅草棚里，
像蚂蝗在把人叮。

不久后我便发现，
我妻子被他霸占。
虽然他未掏一钱，
态度却霸道威严，
指使我东跑西颠，
就如同穷人邮件。①

他时常派我送信，
所去处颇不算近，
不是去某个庄园，
就是去边隅城镇。

① 穷人的邮包总是受到冷遇，被丢来丢去，无人关心。

他却在我家鬼混，
军务事一概不问。

男子汉所遭苦难，
什么事最为心酸，
身旁边没有妻子，
无安慰又无陪伴，
但要是当了乌龟，
还不如光棍舒坦。

我不愿外来公鸡，
将我的母鸡调戏。
心里边早有怀疑，
那一回竟然相遇：
老东西正在炉边，
搂抱着我的娇妻。

老家伙那张皱脸，
像牛犊乳毛未舐。①
我见他如此放肆，
便说道："色胆包天！
对爱情你像孤雏，
谁的奶都很香甜！"

老东西抽出宝剑，
好像要将我刺穿。

① 形容老头满脸皱纹，胡须蓬乱，像刚出生的牛犊儿，毛还未被母牛舐干时一样。

这时我毫不犹豫，
又向他重进一言：
“当心点！别漏了……怯，[①]
你休想活过今天！”

他向我刺来一剑，
我将它拨到一边。
等到我夺剑在手，
又不忍伤害老年。
远远地给他一下，
轻轻地只用刀面。[②]

当上司总有人拍，
寻常事古往今来。
那时候某公在场，
岂能不邀功请赏：
龇着牙向我扑来，
与走狗毫无两样！

他向我开了一枪，
自以为定把我伤。
但是在节骨眼上，
我总是灵活异常。
我可以向你发誓，

① 原诗是一句双关语：克鲁斯本想说“别放屁”，但似觉不雅，便又加上两个音节，成了“别出岔子”。译者在此想用“漏气”和“露怯”（即丢丑）的谐音。

② 为了不伤害那位老者，克鲁斯故意用刀面拍，而不用刀刃砍。

差一点擦我脸庞。

他仍在浪费子弹，
哪一次都未沾边。
像条蛇左弯右拐，
我终于到他面前，
连口气他都未喘，
就叫他一命归天！

我立刻再去追寻
那多情老种行踪……
可怜虫已经藏进
盛碱面皮囊当中，
也只有老天知道，
吓成了什么德行！

男子汉痴迷愚蠢——
当他在爱河沉沦！
老东西望着贱妇，
那眼神令人恶心！
这样的好色贪婪，
妓院里全都少见。

我说道：“这些臭气，[①]
全留给你那阿婆！”
我跑出捂住鼻子，

① 暗示老头被吓得屁滚尿流。

打喷嚏一连几个。
他却是嗅个不停，
像幼儿生了蛔虫。①

母骡子向后倒退，
就说明它要踢人，
虽然它遮遮掩掩，
也常常难藏祸心。
女人要向后倒退，
证明她忘却忠贞。

带上我篷秋衣衫，
离家园去受磨难。
都只为一个贱人，
将两个男人哄骗。
对茅屋说声再见，
从今后誓不回还。

从此后所有婆娘，
我认为全都一样；
既然已了若指掌，
就无须再去试尝：
女人和下崽母狗，
都不许近我身旁！

① 据说小孩如果有蛔虫，就会对什么东西都喜欢嗅一嗅。

十一

别的人歌涌如泉，
声朗朗流水潺湲，
比他们我也不差，
我的歌虽不值钱：
歌词儿脱口而出，
似羊群冲出羊圈。

一只羊刚出门槛，
其他羊后面紧追。
挤门楣争先恐后，
蜂拥至成伙成堆。
相碰撞蹦蹦跳跳，
难分舍相依相随。

尽管我见识短浅，
难说个情理昭然。
但是我一旦开口，
胸中诗早已成篇。
这一首刚出门槛，
下首就探头探脸。

请为我聚精会神，
细听我叙述艰难——

充满我肺腑心田。
无论在任何情况，
高乔人对于无知，
都要用鲜血偿还。

自从我惨遭不幸，
便躲进柴草堆中。
灌木丛东游西荡，
像虫兽无穴自容。
朋友啊，那些岁月，
生活得如同畜生。

我见过并曾经历，
有多少饥寒交迫。
遭罪孽难以尽述，
受苦难更不待说。
我怀疑交了噩运，
有鸡眼长在心窝。

每逢着阴雨连绵，
像孤儿多么可怜。
有一次探听知道，
米龙卡跳得正欢。
催动我坐下骏马，
直奔那小小酒店。

是一间舞厅酒店，
茅草棚简陋不堪。

乱哄哄异常拥挤，
满当当摩背擦肩。
穷苦人开心快乐，
总会有风雨波澜。

我有双高腰皮靴，
靴里面高低不平。
靴后跟将脚磨肿，
像鸡冠肿得生疼。
我寻思已经起泡，
谁见了也会同情。

猫舞和“芳丹戈”后，①
“阡坎戈”已经开演。
“芳丹戈”我欲观看，
溜进了舞厅里边。
但魔鬼插了一手，
顷刻间乱成一团。

那一位六弦琴手，
是一位蛮横高乔。
我生来脾气暴躁，
忍耐性确实不高。
任何人都不招惹，
要惹我我也不饶。

① 猫舞是高乔人喜爱的简单舞蹈，因为它在什么地方都可以跳。芳丹戈和阡坎戈也都是舞蹈的名字。

邀一位美貌娇娘，
“贝里贡”跳了一场。
那歌手正好看见，
我遭罪他知端详。
放歌喉唱了一段，
无疑在将我中伤：

“世界上一切女子，
全都和母骡一样；
我不说百分之百，
却总有几个婆娘，
为不让鸟儿飞走，
将羽毛全部拔光。

“有一些高乔汉子，
得意他妻妾成群；
便不说他们得意，
反正是自大自尊。
正因为豢养妇人，
自己却不名分文。”

女人们交头接耳，
我已是怒火中烧；
转过脸对他骂道：
“鬼知了，休要再叫！”
照吉他砍上一刀，
六根弦统统报销！

洋鬼子[1] 立刻出来，
手拿着一支步枪。
我从不自惭形秽，
遇危险也不慌张。
连忙将篷秋脱下，
一下子盖住灯光。

把住门抢先高喊：
“请不要将我阻拦！”
到处是漆黑一片，
婆娘们乱作一团，
混挤在高乔中间，
使她们局促不安！

吉他手率先出去，
马上就向我攻击。
我虽然饱饮醇酿，
可神志并未昏迷。
有几位同乡邻里，
深知我游刃有余。

他不该寻衅玩笑，
要付的代价极高。
老弟我一旦喝酒，
理智便抛上九霄。

① 指酒店主人是外国移民，一般是意大利人。

他是个小可怜虫，
吓成了软蛋脓包。

要说到救人急难，
女人们颇为能干：
在歌手流血之前，
藏他在酒桶中间。
我就地给他破肚，
用肠子赔他琴弦。

奔旷野跨上骏马，
任逍遥无牵无挂。
似云霞随风飘舞，
无休止浪迹天涯。
人一旦成了逃犯，
无巢穴无室无家。

命运是苍天决定，
任何人无力抗争。
即使是没有安慰，
仍然要忍辱负重。
“手向里能把痒搔，①
顺毛楂能把皮剥。”

高乔人身遭不幸，
都向他施威逞能：

① 即不可违背规律行事，遇事要有耐心。

小过错无足轻重，
似鸵鸟四处逃生！
可别人罪过再大，
也受到饶恕宽容。

十二

就这样苦熬岁月，
不知过多少时光，
实在是万不得已，
有时将品尝马肉；①
也有那苦命高乔，
同我把马肉分享。

要提起当年祸殃，
饶舌头何必细讲！
高乔人从生到老，
走厄运天理该当，
一直到死神召唤，
便奉献这副皮囊。

可我知任何不幸，
有一天总会告终。
经受了诸多苦痛，

① 高乔人把马看得十分神圣，是他们忠实的伙伴，因此他们是不吃马肉的。

幸遇到一位亲朋，
为使我摆脱困境，
找法官去托人情。

要知道在我家乡，
男子汉踪迹渺茫！
他们被坟墓吞没，
或者是战死逃亡，
只因为这块地方，
从不断马乱兵荒。

我寻思正是为此，
法官才将我召见，
对我说他很愿意，
调我到手下身边。
就这样当兵入伍，
我成了警察一员。

他廉价奉送表扬，
夸奖我勇敢好强，
称赞我正人君子，
委任我做了班长。
从此我走马上任，
全班人由我执掌。

就这样粉墨登场，
有什么兵权可掌？
昨夜晚追捕老兄，

我看到时机得当。
我心里早已厌烦，
把军刀挎在腰上。

……

你已知我是何人，
请对我勿生二心：
克鲁斯向你伸手，
忽摈弃情长意深。
从今后同甘共苦，
一起去寻地栖身。

为活命如果需要，
咱二人互为依靠。
总不缺坐骑良骏，
供我们冲出笼牢。
慰饥肠会有腌肉，
度长夜不缺干草。

如果是日久天长，
我们会缺少衣裳。
随便去找只野狼，
可向它谋皮一张。
用狼皮做个篷秋，
鞣制得胜过洗浆。

吃尾巴当作胸脯，
啃脊骨就像臀部。

任漂流四海为家，
不挑食能尝万物，
用黄土可做被褥，
羊栅栏可当房住。

反正我听天由命，
事情总有始有终。
高乔人生当受苦，
一直到葬入坟坑。
或另有仁人志士，[①]
来这里施行仁政。

高乔人生来可怜，
像牛头[②] 毫不值钱。
世人以白眼相待，
所以会如此这般，
只因为高官权贵，
逼我们忍受熬煎。

哎呀呀！如果那次，
你像我一样听清，
法官和另外一人，
谈话的全部内容！
说实话在那一回，

① 原诗中说的是土生白人，这里是和欧洲人相对而言，也可指正直大方的人，译者取后一含义。

② 牛头上的肉很少，所以价钱很便宜。这里指高乔人受人歧视，没有社会地位。

真让我大吃一惊!

谈论着如何发迹,
利用那边疆土地。
只要有荒地开垦,
就向外扩充领域。
再驱使各区居民,
到边陲去服劳役。

修铁路派遣移民,
计划得周密精心。
再花费白银千两,
雇洋人入伍从军。
可对待可怜士兵,
恨不得剥皮抽筋!

倘若是长此以往,
将来还不如现今,
有一天终会发现,
田野上渺渺无人,
满目是白骨累累,
遍地皆青冢荒坟。

咱两个遭此厄运,
有多少春夏秋冬。
高乔人劳而无获,
让绳索套在脖颈,
只要把扣儿一紧,

我们就立即送命。

我们俩所受灾祸，
城里人议论颇多。
不过却好似水凫，
总藏起小小鸟窝：
在西边下了鸟蛋，
到东边来叫咯咯。

这些人总是装作
找不到机遇相帮，
当高乔被当权者
折磨得遍体鳞伤，
只说是根除疾患，
却总是开错药方！①

十三

马丁·菲耶罗②

咱们是同根所生，
两颗瓜一条苦藤：
我今生遭遇不幸，

① 本章最后这两小节是在讽刺城里人，也就是当权者，他们对乡村的弊端夸夸其谈，但为了维护自身利益，却根本不想办法克服。

② 克鲁斯叙述之后，马丁继续吟咏。

你亦将不幸遭逢。
我决心结束厄运，
去土人部落谋生。

我祈求天主宽容，
他对我恩德无穷，
既然是别无他路，
只好与叛逆[①] 同行。
从此将以恶对恶，
这也是命中注定。

我天主创造鲜花，
又多么美丽娇艳；
上帝是能力无限，
使它们十美十全；
对人类恩德更广，
赐予他丹心一片。

对灯火赐予光明，
对狂风赐予力量，
他使得春蚕蠕动，
他使得雄鹰翱翔，
对人类恩德更广，
使他们能有思想。

虽不知对于飞鸟，

① 印第安人不信奉上帝，因此被称为叛逆。

将什么赐给于它，
可那些鸟喙似金，
羽毛美宛似彩霞。
对人类赐予至宝，
舌动弹能够说话。

至于对凶残野兽，
赐予它暴躁勇猛，
对万物冷酷无情，
在世上从不担惊。
对人类何尝亏待？
赐予他自卫才能。

可是我这样猜疑，
上帝在内心考虑：
给人类诸多恩惠，
都是他切实所需，
又降下同等苦难，
使福祸相抵相宜。

苦和难驱使于我，
摆脱这地府阴曹：
我已经不是雏鸟，
早已会挥舞长矛。
一旦到土人部落，
官府就管辖不着。

我晓得那些酋长，

也保护基督信徒。
倘若是自愿前去，
待你也亲如手足。
披篷秋说走就走，
用不着害怕担忧！

在途中会有风险，
但我却不把心担：
我总是漂流四处，
向来就由命凭天。
这一次即使走错，
走错路并不新鲜。

能否将苦难摆脱，
固然是无人担保。
直指着日落之处，
向内地驰骋迅跑。
有一天总会到达，
到达后才能知晓。

咱两个不会失散，
难分舍老马一双。
纵不知身处何方，
高乔人从不转向：
青青草弯腰俯首，
总对着落日斜阳。①

① 潘帕草原上常刮东风，草总是向西倾，高乔人以此来辨别方位。

在路上不会挨饿，
曾听过他人叙说：
倘若是要充饥腹，
田野里虫兽颇多……
穿山甲、铠鼠、牡鹿，
有鸵鸟亦可捕捉。

当人们走进沙漠，
牛尾巴也能充饥。
连妇女都曾穿越，
到那里无病无疾。
鸵鸟要逃我球索，
比高乔更需麻利。

口干渴何足介意，
忍耐它我也不惧。
找水源我是内行，
迎着风善闻气息。
哪里有野生荸荠，
挖出来毫不费力。

在这里既不安全，
到那里将会脱险。
一旦到土人帐篷，
我们将少受苦痛，
那将是皆大欢喜，
心花放其乐无穷。

我们也入境随俗，
搭一间小小帐篷。
牛犊皮用上几张，
做厨房又兼客厅。
说不定会有女子，
将我们热情照应！

在那里无须劳动，
像一位大人先生。
不时把白人偷袭，
只要能逃出性命，
就可以仰卧朝天，
观赏那日转苍穹。

既然是命运残酷，
使你我日暮途穷。
到那里结束苦难，
我们会重见光明。
到处有肥田沃土，
克鲁斯，咱们起程！

既擅长使用球索，
又会把套索抛撒，
能驾驭野性劣马，
全不怕被它摔下，
就是在土人中间，
也不会发生偏差。

对爱情或者战争，
高乔都高歌相迎；
何况在偷袭当中，
也不会两手空空。①
朋友啊，总而言之，
不再以流浪为生。

……

吟咏者唱到此处，
寻酒壶润润枯肠。
饮下去天大一口，
以此来结束演唱。
六弦琴摔在地上，
碎成片四下飞扬。

现在将吉他打烂，
从今后不再拨弹。
人们可把心放宽，
没有人再调琴弦：
任何人无须再唱，
在下我已经唱完。

我吟咏即将结束，
如同把故事叙说，

① 即在偷袭白人村落的行动中，总会抢到一些东西，不会徒劳往返的。

总有人喜欢提问，
好奇心胜似婆婆，
或许是他想知道，
结果又究竟如何。

他两个溜进圈栏，
偷偷把马群驱赶。
对此事非常老练，
叫牲口走在前面。
很快就过了边界，
神不知鬼也未见。

他们已越过边境，
那时正升起曙光。
克鲁斯劝说马丁，
再看看身后村庄。
就只见热泪两行，
挂在他朋友脸上。

沿着那既定方向，
走进了漠漠大荒。
旅途中或有争斗，
也不知生死存亡。
但愿得有朝一日，
知道些真情实况。

介绍过这些消息，
故事就到此告尽。

我讲述这些不幸，
只因为都是实情。
您所见每个高乔，
都是用苦水泡成。

请您把心中希望，
寄托在上帝身上。
我已经尽抒己见，
在此就告辞收场，
倒霉事人所共有，
可就是都不肯讲。

马丁·菲耶罗归来

一

马丁·菲耶罗

请注意,请安静,
请大家精神集中。
倘若我记得不错,
事情是一清二明:
这故事尚未讲完,
如画龙未点眼睛。

我刚从荒漠归来,
还陷在沉沉梦中;
面对着慷慨听众,
不知我能否讲清,
耳听到六弦琴声,
不知道能否清醒。

又觉得方寸已乱,
我感到胸中颤动。
伴随着琴弦节奏,
我祈求智者神灵:
请将我双唇拨动,
再使我心血沸腾。

赢不到三十一分,[①]
也确保三十分整;
自信心如此坚定,
绝非是凭空产生:
自从我接受洗礼,
就有了歌咏才能。

无论是富贵贫穷,
都说我达理通情。
只要您劳神静听,
我将这事情讲明。
我相信没人会笑,
倒有人要哭几声。

谁若遭三灾八难,
就会有万语千言,
未开口先求诸位,
对所言勿生疑团;
对事实应该相信,
若撒谎您甭给钱。

一要谢圣马利亚,
二要谢真主苍天:
丢失了东西无数,
受尽了痛苦万千,
唯诗兴一如既往,

① 在一种纸牌的玩法中,最高分是 31 分。这里是马丁在夸耀自己的歌唱才能。

这歌喉不减当年。

降旨意圣父天庭：
歌唱那万物生灵。
伴唱人跟我一样，
要抒发心事重重。
我们俩谁若不唱，
定没有热血在胸。

城里人唱歌……是诗仙，
高乔人唱歌……我的天！
世人瞧你似蠢汉，
乐将无知作奇谈；
但是倘若无黑暗，
光明如何能分辨！

有识者身居城镇，
无知者全在乡村。
我虽是土生土长，
唱歌时却能区分：
有的人能解含意，
有的人只听声音。

我认识许多歌星，
那歌喉悦耳动听；
但他们只为娱乐，
不愿将政见表明。
我唱歌与众不同，

一边唱一边批评。

谁若能循此途径，
就能够尽抒豪情。
尽管我才疏学浅，
这与我补益非轻：
只因我能够体会，
听众的意愿心声。

虽然是画笔所画，
时间却抹不掉它；
谁也别枉费心机，
来纠正我这画法；
要想画需得会画，
凭空想算是白搭。

听众们休以为我，
在炫耀见识广博，
事虽迟并不后悔，
我毕竟已经懂得：
讲实话原是犯罪，
有真理却不能说！

一旦我踏上征程，
改方向万万不能；
当然要申明真理，
岂能够阿谀奉迎；
在这里没有虚构，

俱都是真况实情。

谁若想将我开导，
他必须学识高超；
谁若想听我吟咏，
他必须钻研探讨；
谁若想懂我歌意，
他必须反复咀嚼。

我吟咏万古流芳，
比众人寿命久长，
比时事传播广泛，
比佳话声名远扬。
多少遍深思熟虑，
才敢于这样逞强。

我心中牢骚横生，
充满着忧愤不平。
受苦难谁知多少，
遭厄运难估重轻。
我要向岁月挑战，
看它敢抹掉此情！

我若是站起身来，
原谅我手足摇摆；
我若是感情激荡，
您也别目瞪口呆；
我愿将细弦调紧，

如同在旷野抒怀。

只要将音调选中，
琴弦儿一直紧绷。
只要是喉咙不哑，
手指就弹拨不停。
除非是琴弦绷断，
或者是琴轴自松。

也曾将琴弦摔断，
当时想永不再弹。
许多话非说不可，
重大事要讲一番。
愿天主使我吉他，
如流水伴唱到完。

我绝不模仿他人，
休要来将我指引。
该讲的我会说尽，
谁若将此道遵循，
该唱时就会尽情，
尽情地吐露清音。

我见过球儿滚动，
滚起来便不愿停。
似球儿滚动许久，
我停下脚步谋生。
能不能自食其力，

还要由命运决定。

论耕田能把犁扶，
讲套马会绊马足；
赶马群擅长奔跑，
修圈栏也有功夫；
驾马车会坐垫板，
论马技堪称纯熟。

愿诸位倾耳细听，
这便是赐我光荣；
否则我停止歌咏——
连鸟儿也是相同：
树枝上若无花朵，
从不闻燕语莺声。

万般事都有开场，
我就从此处先讲；
如要我尽吐衷肠，
请大家多多赏光：
多少事要对您唱，
定让您心驰神往。

先让我喝口烧酒，
以便来调调胃口。
喉咙里干渴难忍，
喝一口提提精神。
俗话说火炉、老人，

都从口热到内心。[①]

二

吉他琴声声凄凉，
咏往事正需这样：
别指望听到欢乐，
却尽是忧怨悲伤，
问此情发自何处，
苦难中生死存亡。

去异地远走他乡，
撇家业令人凄凉，
满怀着忧心忡忡，
俱都是苦难悲伤，
灾和难劫掠我们，
似旱风横扫沙岗。

穿过了茫茫荒漠，
像逃犯东躲西藏。
把往事一笔抹掉，
从今后忘却家乡：
把爱妻让给别人，
让儿女四处流亡。

① 西班牙谚语：老人和火炉，都从口先热：一个用酒杯，一个用柴火。

多少次穿越荒原，
野茫茫一望无边。
可怜我遭此灾难，
与家人无法团圆。
躺在那蒿草丛里，
禁不住涕泪涟涟。

在一条小河旁边，
我一人多么孤单。
忆往事桩桩件件，
忽然想重返家园。
妻子在眼前浮现，
呼唤声耳边回旋。

小溪水平平静静，
放马儿畅饮一番。
度时光饥肠辘辘，
多沮丧意马心猿。
都只为怀念妻子，
又怀念儿女庄田。

大家会记得我俩，①
一同去茫茫荒漠。
闯入了潘帕草原，
终于到土人部落，

① 指马丁·菲耶罗和他的朋友克鲁斯。

我们俩首先碰到
野人的帐篷几座。

倒霉运紧随我们，
正赶上不巧时辰。
土人正召开会议，
在议论偷袭白人：
他们在此时此刻
对自己丧失信心。

一看见我俩来到，
闹嚷嚷乱七八糟；
情况是如此险恶，
有口也难辩分毫：
将我们认作奸细，
霎时间舞动长矛。

将我俩坐骑抢去，
只用了一两分钟。
他们正踌躇不定，
天晓得是吉是凶！
暴徒们欲将长矛，
直刺进我们眼睛。

讲土话咿哩哇啦，
手和脚乱比乱画；
有个人走向我俩，
他已将球索解下：

我料想万难活命，
那真是千钧一发！

在那里绝无怜悯，
也没有希望可求；
土著们向来如此，
对俘虏统统杀头；
就是他不想喝血，
也愿看鲜血横流。

克鲁斯情愿一死，
暗示我以命相拼。
我说道："且忍一忍，
直等到烈火焚身。"
谁越是无所畏惧，
谁越能战胜死神。

当险情越是严重，
越发要镇定从容。
遇事若胆大心细，
往往能死里逃生。
须知道小心谨慎，
与勇敢相辅相成。

终于把翻译请到，
似要将我们恕饶。
他言说："你们获释，
全归于酋长功劳，

他要我转告你俩：
只因为事关征讨。

“他已向众人叮嘱：
你们俩算是战俘。
征讨中若有兄弟，
不幸也身陷囹圄，
那就用你们两个，
与他们对调相赎。”

土人又回到会场，
将盟事细细商量，
怎么样上阵厮杀，
在下我如实细讲。
用战马围成圆圈，
斜靠在长矛杆上。

一老头走到核心，
在那里高谈阔论。
天晓得部署何事，
全场都鸦雀无声。
讲起来滔滔不绝，
足足有三个时辰。

他发出三声吼叫，
又表演另外一套。
为炫耀体力充沛，
为显示骑术高超，

策骏马猛勒缰辔，
抡臂膀挥舞长矛。

然后他巡视队列，
站立在队伍面前。
那家伙声色俱厉，
表现得怒气冲天：
嘴里边声声呐喊，
竹杆枪使得熟练。

那老头如狂似癫，
说表演赛过实战。
但只见烟尘滚滚，
闹哄哄乱成一团。
土著和长矛烈马，
吼叫声令人胆寒。

按照我所能想象，
简直像野兽发狂；
呐喊声令人生畏，
像一片惊涛骇浪；
直闹了两个钟点，
那旋风才告收场。

到夜晚围成一圈，
把我俩包在中间；
向我们示威警告——
要逃命难似登天：

长矛队层层叠叠，
全守在我俩身边。

有些人担任警戒，
将我们严加看管；
看样子似在鼾睡，
实际上却是不然：
“估因卡”[①] 一声惊叫，
全队人喊个没完。

但土人贪图安睡，
昏沉沉进入梦中。
警戒事全然不管，
打鼾声震耳欲聋。
伸开腿呼呼大睡，
哪管它地陷天倾。

将我们详加盘问，
这本在意料之中。
对手们实力怎样，
当然要仔细问清：
在何处由谁统率，
枪和马属何类型。

当我们回答一句，

① 估因卡在阿劳乌加语（印第安的一种地方语）中是“白人”的意思。这里是指马丁和克鲁斯。

就有人惊叫一声。
紧接着随声附和，
土著们信心倍增。
千百人一齐高喊，
真可谓异口同声。

开始时一人提问，
那声音好似蚊虫。
竟化作群情激奋，
千万人异口同声。
这样做已成习惯，
叫得人胆战心惊。

三

我们俩如此这般，
陷入了困境之中。
绝不能认输服软，
哪怕它厄运重重；
更不能想到绝路，
而是要忍辱求生。

咬紧牙将心一横，
哪怕它剑树刀丛；
为能够随机应变，
我们俩誓言相同：

心目中只尊上帝，
除此外概不屈从。

倒霉事如同树木，
砍掉后复又滋生；
不管是新兵老将，
一律都受害无穷；
大地是人类之母，
也哺育有害毒虫。

凡是那谨慎男子，
对厄运处之泰然。
无论选哪条道路，
我都是心铁志坚。
“灾难”总多子多孙，
尽管它无本无源。

无论谁继承祖业，
到头来终将破产：
只要是命中注定，
为人者孰能避免。
牛蒡草所以伤人，
带着刺生到世间。

穷苦人命运如何，
说不尽苦难坎坷。
度日月如同鸱鸺，
厄命运无法摆脱，

只要有不幸之风，
将茅屋干草吹落。

谁使人痛苦悲伤，
也给人安慰欢畅：
太阳光从天而降，
至高点先被照亮，
哪怕是细如毛发，
影子也映在地上。

无论是哪一个人，
也不管苦难多深，
绝不可垂头丧气，
不论有什么原因：
白杨树高大无比，
却总是不断呻吟。

……

土著们消磨时光，
抢掠后仰面一躺。
长矛是唯一法律，
一切都用它衡量。
正因为糊涂无知，
他们的疑心颇强。

要土著发出善心，
就如同海里捞针。

对俘虏异常残暴，
那态度实在吓人。
胆量大更兼凶狠，
性狡猾再加疑心。

切莫要求他饶恕，
也休想他会宽容；
纯粹是无知愚昧，
使得他疑虑重重。
把我俩隔离看管，
严守得密不透风。

克鲁斯和我被俘，
连话都没说一句；
不给予我们机会，
我们俩无法相遇。
至少是两年有余，
我们被彼此隔离。

要细讲诸多苦楚，
要费上多少唇舌。
我只想告诉诸位，
这两年刚刚熬过，
那酋长又行善事，
让我俩一起生活。

身虽在旷野荒原，
也不能过于寒酸，

克鲁斯和我二人，
搬迁到草垛旁边；
两张皮搭个棚子，
像合掌祈祷一般。

我们在那里栖身，
处境是何等可怜，
两个人同舟共济，
使痛苦稍显松宽，
像坟墓一样凄惨，
又恰逢祈祷时间。[1]

既然要闯荡江湖，
就应该勇往直前。
无论在行动时刻，
或者在休息期间，
漫游中千难万险，
胆小鬼总难保全。

牛犊儿性情温顺，
有奶者便是亲娘；
高乔人深明此理，
我一说便知端详：
我和我那位伙伴，

① 祈祷时沉默不语，言其凄凉之状无以复加。

像面包[①] 装在篮筐。

窝棚里暂时栖身，
他与我促膝谈心：
两个人均为高手，
却被那小人欺凌。
就像是伏天毛毯，
被抛弃无人问津。

绝无有佳肴美馔，
尽管你拼命力争；
简直像一种瘟病，
贫穷症到处流行。
整天像水獭一样，
在岸边以水为生。

在苦难磨炼当中，
猎手却大显神通：
肉肥的难逃罗网，
会飞的落地应声；
小动物路过此地，
都上了烤炉蒸笼。

无论是四方八面，
全都被猎手搜遍，

① 人们将无业游民比作卖不出去的面包，因为当时没有面包店，卖面包的人要走街串户，送货上门。

想逃命难上加难；
当朝霞染红蓝天，
已跑遍坡地高山，
巢和穴无处不翻。

既然以狩猎为生，
见走兽从不心惊，
哪管它飞鸟甲虫；
每当我饥肠辘辘，
只要有活物就行，
统统地塞进腹中。

九重天至高无上，
居住着圣主英明。
教化了每个动物，
各自会取食谋生。
对每个理智生灵，
都给食维持生命。

千万种鸟兽鱼虫，
谋生存方法各异。
人类在安乐窝里，
观察这妙趣稀奇。
会哭泣只有人类，
却能用万物充饥。

四

在东方破晓之前，
土著便喧嚣哗然，
大草原乱成一片。
有一回刚刚亮天，
我们俩毫无察觉，
他们已前去征战。

首先把贵重衣物，
似犰狳埋藏洞中；
土著们肮脏龌龊，
向来是疑心重重。
只骑着无鞍烈马，
赤裸着四肢前胸。

每当要抢掠出击，
总是将骏马坐骑；
手握着长矛一杆，
是他们拿手武器；
另外有几对球索，
紧紧地系在腰际。

这装束行动灵巧，
战马也不易疲劳；

将一只雄鹿犄角，
磨得像锋利钢刀，
征途中权作马刺，
靴跟上紧紧拴牢。

土著若有了骏马，
此事便非同一般。
服侍它就像奴隶，
简直是废寝忘餐。
一旦要出征抢掠，
就把它租给好汉。

守护它寝食不安，
夜里都不愿安眠；
我敢向诸位保证：
唯此事他们不懒。
黑夜里为保安全，
全家都在它身边。

倘若是机会很多，
诸位就定会发现；
假如是未曾注意，
现在请仔细察看：
所有的潘帕好汉，
统统有骏马为伴。

土著们纵马疾走，
速度快且能持久；

那方向总能辨清，
绝不会乱闯胡行；
小飞虫漆黑夜里，
也难逃他们眼睛。

黑暗中悄悄行进，
撒下了罗网围圈；
包围得十分严密，
直等到黎明亮天，
鸵鸟和雄羚牡鹿，
全都被围在里边。

信号是一缕轻烟，
高高地升入云天；
凭着那非凡视力，
岂能够不入眼帘；
从四处蜂拥而至，
加入这围剿集团。

每逢要出发抢掠，
就用这方法集合，
将人们汇集一起，
人多得难以数计。
都是从四面八方，
为出征来到此地。

那抢掠十分凶残，
土著似野兽一般。

所到处横冲直撞，
搞破坏从不休闲；
在他们枪前马下，
要逃命难似登天。

谁胆敢与他对阵，
真得把腰带勒紧：
他们都不怀好意，
真正是心毒手狠。
对祈求从不仁慈，
对痛苦绝无怜悯。

对白人极端仇恨，
打仗时十分残忍；
杀性起天良丧尽，
人与兽已无区分；
在土著胸膛里面，
何曾有恻隐之心。

胆量与雄狮相同，
视力好犹如苍鹰；
沙漠中各种禽兽，
无一不借鉴仿行。
就连那虎豹豺狼，
也不似他们无情。

野蛮兼固执、愚顽，
休要想他们转变；

天生成性情粗鲁，
绝不会心回意转；
野蛮人所知何物？
除酗酒便是征战！

土著们从不微笑，
让他笑那是徒劳；
哪怕是欢庆胜利，
笑容也不上眉梢。
也只有基督信徒，
才懂得其乐陶陶。

掠过那茫茫荒漠，
就如同猛兽一般；
一路上狂呼乱叫，
吓得人毛骨悚然：
看起来对于土著，
上帝已诅咒在先。

将所有操劳事宜，
全推到女眷头上：
土人们毕竟是“土”，
绝不愿夫权下降。
生下来即是强盗，
直到死也不变样。

刀枪上涂上毒液，
全听从巫婆差遣；

不敬仰圣主上帝；
潘帕人无法无天；
就连他姓名称呼，
也如同野兽一般。

哎呀呀！神圣苍天！
土著们龌龊不堪！
生来就好吃懒做，
想到此令人厌烦：
简直像蠢猪一样，
帐篷里臭气冲天！

任何人也难想象，
可怜状无以复加，
贫穷得令人可怕；
土著们全然不懂：
若不用汗水浇灌，
大地便不长庄稼。

五

当他们抢掠回还，
直搅得大漠不安。
抢回来成群牛马，
足足有成百上千；
要不是心硬如铁，

对此景谁不凄然？

那时像开锅一般，
土人似蚂蚁盘旋：
战利品成堆成垛，
将牲畜又赶又拴。
那数目多得惊人，
放开眼望不到边。

女人也满载而还，
将衣物背在双肩；
抢劫品驮在马上，
对此情谁不心酸？
甚至将整个商店，
一股脑全部抢完。

既然是前去掠抢，
岂能够中途收场。
来到了白人地界，
简直像魔鬼发狂。
只要是能够得手，
连政府都想抢走。

当他们胜利凯旋，
兴冲冲如狂似癫。
战利品开始分配，
先挑选谁也无权。
正如同村语俗言：

大伙儿利益均沾。

当瓜分掠回物品，
无偏向大家平均。
真正是公平合理，
土著们没有私心：
只有在这一点上，
他们将正义遵循。

土著们人手一份，
然后回各自家门。
大屠杀马上开始，
那才是青红不分：
牛和马成千上万，
全杀尽无一幸存。

蛮子们满心高兴，
已经是大功告成。
直挺挺躺在地上，
重新又变成懒虫。
女人将兽皮剥下，
劳累得双手生疼。

有时候印第安人，
将牲口赶往内地。
对此种冒险远行，
很少人敢于前去。
因其他土著强盗，

给他们常把头剃。[①]

我相信潘帕土人，
一定是绝顶愚蠢；
整日价衣不遮体，
全不懂亏损盈余：
为卖掉一头奶牛，
却杀死好几百头。

有些事更为过分，
多年来我已看真。
不过我若没搞错，
这暴行已不复存：
那些个野蛮汉子，
再不会肆意害人。[②]

各部落都已解体：
或被俘或已死去，
酋长们无论大小，
已无法恢复元气；
不管是平民武士，
幸存者寥寥无几。

甚至于取乐消遣，
也同样无比野蛮。

① 指将他们的牲口全部抢光。
② 指 1879 年 4 月 9 日罗卡将军下令制止印第安人的掠夺行为。

有谁人能够想象，
一场戏如何开演：
现在才讲到妇女，
表一表痛苦心酸。

男子汉越是无知，
对妇女越是粗暴。
世界上若无女人，
哪还有幸福欢笑？
哪里找称心情侣，
成眷属快乐逍遥？

谁真正理解生活，
谁就能找到欢乐；
男子汉若有良心，
一定会珍惜情人；
胆小鬼要要野蛮，
只能在女子面前。

谁如果遭遇不幸，
妇女总率先相帮；
一旦她下定决心，
对危险从不惊慌；
无论是哪位女子，
都不乏慈母心肠。

普天下所有女性，
俱都是心地善良。

我赞美圣父恩赐，
并不因她们漂亮，
而是因赋予她们，
一副副慈母心肠。

土著女善良勤劳，
辛苦中饱受煎熬：
尽管我尊重女性，
仍未免评价欠高。
可那些无知蠢汉，
对她们视若蓬蒿。

劳作时全神贯注，
条件差极端艰苦。
丈夫是全权领主，
像暴君驱使吩咐。
即便是对于爱情，
土著也一样残酷。

对谁都毫无情感，
不懂得何为爱怜。
对那些青铜壮汉，
寄希望全是枉然：
自从与他们相见，
我早将事情看穿。

只要能吃顿饱饭，
他们就理得心安。

我曾住土人窝棚，
注意过土人习惯。
我把他比作乌鸦，①
撒出去就不回还。

十字架当成玩物，
竟然在上面吐痰。
惹恼了苍天上帝，
命运才如此凄惨：
土著如蠢猪奸猫，
儿子血都能喝干。

不再讲潘帕故事，
劳诸位多费精神。
我请求大家原谅，
无意中离开正文；
只顾讲土著野蛮，
那表演未能讲清。②

……

将长矛围成一圈，
土著们站在外边，
进来那轻盈女子，

① 这里指的是诺亚方舟上的乌鸦，洪水泛滥时，诺亚将它撒出去探听消息，它便一去未回。

② 指前面所提到的表演。

在中间起舞翩翩。
像骡马压场一般，
空地上来回转弯。

酋长们坐在一边，
有下属也有乐班。
乐班像铜管乐队，
吹奏得好不威严；
女娇娃活活累死，
他们却不以为然。

只可怜那些女子，
常发出声声怨言，
悲和叹有谁听见；
就在那圆圈外边，
躺着些酒鬼醉汉，
乱糟糟喊地呼天。

要说起酒鬼歌声，
向来是一字组成：
齐声喊“哟卡哟卡”，①
按节奏重复不停。
我看在他们眼中，
女人比魔鬼还凶。

在圈内手忙脚乱，

① Ioká-ioká 是草原上的土语，鼓舞或催促的信号。

饥又恼汗流满面。
褴褛衣披头散发，
被驱使天复一天；
献舞者雷雨无阻，
向来是老调重弹。

六

日月在如梭运转，
我们俩依旧孤单。
印第安性情残暴，
前途在缥缈之间。
那恩人搭救我们，
世界上数他慈善。

他表现心地崇高，
渴望着基督圣教：
将公正视为己任，
好品德岂能不表。
送我们骏马几匹，
不时将我俩关照。

对上帝神圣天意，
我从来未想违抗。
基督啊他救我们，
我却是常常在想：

倒不如不来搭救，
又何必相逢世上。

承受了他人恩德，
永远也不该忘记。
人一生辛苦操劳，
天晓得何为结局。
想做出一番事业，
要耗费多少心力。

我渐渐开始习惯，
沉浸在忧闷之中。
水若是苦涩难饮，
心岂能欢乐轻松：
忽然间天花流行，
土著们大批丧生。

遭受到大批死亡，
土著们都已绝望，
乱纷纷大叫大嚷：
“基督徒投下祸殃！”
将帐篷彻底清扫，
连蜢虫都难漏网。

治疗法非常神秘，
老巫婆占卜打卦。
少妇们不谙此法，
全靠那苍苍白发。

老妖精施展法术，
花样多千变万化。

患病者岂是治病，
分明在忍受酷刑。
治疗法如何施行，
压和打罪过不轻；
揪头发一缕一缕，
活像是旱地拔葱。

染病者遭此整治，
旁观者亦觉心寒。
土著们疼得号叫，
难经受此种摧残：
将猪油浑身涂遍，
烈日下去受熬煎。

让患者仰卧朝天，
四周围烈火点燃；
派一位妇女前来，
在耳旁大叫大喊，
竟然有几个孽种，
经此法痊愈复原。

还有人嘴唇烫烂，
尽管他叫苦连天；
抓住他压在地上，
唇和齿都被烧遍：

用的是滚热鸡蛋——
老母鸡也要精选。

土著们痛苦遍尝，
一个个失去希望。
若有人尚能脱险，
定会像野兔逃亡。
有时候烧得发昏，
索性就给他一枪。

发高烧实在可怕，
尽管我未曾体验，
我自认不知病源，
可也有消息流传：
可能是这些莽汉，
吃马肉嘴巴太馋。①

有一个洋人俘虏，
时不时讲述轮船。
硬诬他传播瘟疫，
便把他抛进泥潭。
两只眼非常别致，
像马驹一样发蓝。

老太婆发号施令，
要对他处以极刑；

① 高乔人非常爱惜马匹，印第安人却食马肉，故马丁将天花流行归咎于此。

哪管他呻吟抱怨，
想抗拒万万不能。
他抬起那双泪眼，
像绵羊临死求生。①

不忍睹如此惨状，
我二人躲在一旁。
克鲁斯已感不适，
那瘟疫到处逞狂；
我们俩心急如火，
多么想重返故乡。

又谁知命运险恶，
偏偏要违背人心。
我热血凝结成冰！
只因为救命恩人，
也遭到病魔袭击——
染天花烧得发昏。

眼见他病情沉重，
我二人早已料到，
他即将寿终正寝；
克鲁斯叫我一声：
“老兄啊，有一件事，
咱们该尽力完成。”

① 当地传说绵羊在临死前会落泪。

我们俩守护酋长，
想助他身体复原。
也有人前来寻找，
想让他受那熬煎。
我们俩保卫酋长，
不准人到他跟前。

瘟疫在日益蔓延，
死亡在不断扩展。
我们在老者身边，
耐心地将他照看；
谁知道没过几天，
酋长就命归黄泉。

忆往事何等悲伤，
真使人惆怅凄凉。
遭不幸有谁似我，
多么想痛哭一场：
克鲁斯卧床不起，
已经是病入膏肓。

任何人都能想象，
那时我多么忧伤。
整日里唉声叹息，
痛苦深愁断肝肠，
连祈祷全都不会，
怎助他魂归天堂。

克鲁斯花痘溃烂，
可怜人一阵叫喊，
将幼子托付与我，
他过去撇在乡间：
“那孩子多么不幸，
被遗弃无人照看。”

他轻轻反复言道：
“回去时请把他找。
我是他唯一亲人，
因他娘早已跑掉。
告诉他我的结局，
为我向上帝祈祷。”

我把他抱在怀里，
心灵中万分悲痛。
丧生在异教徒中，
本是他最大不幸。
忍受这莫大悲伤，
把灵魂交与上苍。

跪在他身体旁边，
向耶稣为他祷念。
眼蒙眬昏暗一片，
头发晕天旋地转。
一见他气绝魂断，
我顿时如中雷电！

七

我那位卓越伙伴，
就这样魂飞气断。
一生中贡献良多，
人谨慎堪称好汉。
既人道又很勇敢，
荒漠中命赴黄泉。

我自己亲自动手，
将故人遗体埋葬。
并为他祈祷上帝，
悲和痛充满胸膛。
流不尽滔滔泪水，
浸湿了脚下蛮荒。

我尽了朋友义务，
病丧事无可指责。
尽管是痛彻心脾，
却也算心安理得。
十字架做了一个，
立在他坟茔一侧。

徘徊在帐篷之间，
难解除心中忧烦。

屈服于悲凉伤感，
忍受着痛苦熬煎。
克鲁斯声声召唤，
时刻都萦回耳边。

高乔人或多或少，
都晓得悲天悯人，
沉浸在不幸之中，
没办法慰我心灵，
便只好躺在地上，
紧贴着朋友坟茔。

在那里躺了许久，
只觉得分外孤零，
当时我心中所想，
上帝可为我证明：
怀念我妻子儿女，
还有我故土亲朋。

被夺去多少财产，
流落在异土他乡。
时间像已经停滞，
一日比一年还长；
太阳也已经停转——
瞩目我无限悲伤。

我茫然不知所措，
任凭那痛苦折磨。

这时候一阵清风，
正从我耳边吹过：
只听得有人哭泣，
这怨声动人心魄。

在土著草棚里面，
哭号声并非罕见。
既然是生性粗野，
理万事一成不变：
只会用长矛匕首，
再加上球索横蛮。

用不着对天发誓，
诸位要信我马丁：
流亡中曾经目睹。
一土著大发雷霆，
将妇人头颅砍掉，
丢进了狗群当中。
我曾见惨无人道，
我曾见凶暴蛮横，
土著们罪恶深重，
实出乎想象之中，
也无论是男是女，
全不懂怜悯同情。

我听到阵阵哭声，
便想去看个究竟。
循声音一直前往，

事情从那里发生。
当看到出事情景，
我不禁大吃一惊。

有一位不幸女子，
浑身是鲜血淋漓，
就如同玛达莱娜，①
痛哭得多么委屈。
当认出她是白人，
更令人痛彻心脾。

我悄悄向前靠近，
她身旁有个土人。
只因为潘帕多疑，
对白人从不相信。
他手里握着鞭子，
上面是斑斑血痕。

八

后来从女子口中，
我得知事实真相。
有一伙潘帕野人，

① 玛达莱娜是《圣经》中的人物，曾热诚地帮助耶稣。耶稣受难时，她哭得特别伤心。

闯入了她的家乡。
她丈夫遇害身亡，
她被俘遭此祸殃。

做奴隶多么悲惨。
遭不幸整整两年。
有一个幼小稚子，
就带在她的身边。
女主人视若寇仇，
将她做奴隶使唤。

她也曾企图尝试，
看能否逃出魔掌。
既然是不幸女俘，
有谁肯前来相帮？
只要在那里生活，
就无法摆脱祸殃。

自从她身陷困境，
女主人凶恶蛮横。
因为受男人影响，
养成了残暴性情，
他杀人拔下牙齿，
做项链佩在前胸。

命令她操劳不停，
小婴儿带在身边。
熹微中天蒙蒙亮，

小宝贝哇哇哭喊。
她只好捆上孩子，
像一只羔羊一般。

强迫她去干重活，
不拾柴便去种地。
眼看着小儿哭啼，
女主人不准休息。
只要是活计未完，
连喂奶也不准去。

有时候这家不忙，
便借与别的婆娘。
泪涟涟她对我讲：
“任何人也难想象，
我这个不幸女俘，
苦难有多深多长。”

等婴儿长大成人，
土著们岂有善心。
对请求从不答理，
母与子二者择一，
不卖母就是卖子，
或去换马驹一匹。

土著们抚养儿女，
说起来实在野蛮。
我从来不曾看见，

将婴儿捆上木板，
因而将小孩脑袋，
挤压得又偏又扁。

尽管这事儿罕见，
请诸位勿生疑团：
在那些粗鲁人中，
流行着愚昧野蛮，
就连那扁形脑袋，
也当作骄傲本钱。
那一个可恶婆娘，
对她是百般憎恨，
只因为妹妹身死，
便开始大发议论，
硬说是基督信徒，
使得她妖气缠身。

那汉子先是恫吓，
将女俘弄到田间，
硬逼她坦白承认，
施妖术不是谣言；
不然就将她惩治，
直到她性命归天。

女奴仆哭得心伤，
土著却怒火万丈。
把她那怀中幼子，
抢过来摔在地上，

随着那一声鞭响，
尖叫声刺人心房。

这野汉多么无情，
挥皮鞭一刻不停；
他怒火越烧越旺，
鞭子也越抽越狂，
女奴隶东躲西闪，
避挞伐气力耗光。

他大吼怒气不止，
“你竟敢拒不认账！”
推得她转过身去，
将孩子砍死在地。
眼望着小小尸体，
女奴隶如遭雷击。

她言说：“如此暴行
真令人难以置信！
当娘的谁能忍受，
可那个凶狠野人，
当我面下此毒手，
真乃是凶恶绝伦！

“似这等残酷暴行
基督徒绝难发明。
土著们惨无人道。”
她已是泣不成声：

“他抽出孩子小肠，
当绳索将我捆绑。”

九

寂寞中听那女子，
倾诉她满腹怨言。
当我去实地端详，
情况便一目了然。
对她的那种处境，
绝不会再生疑团。

那一位不幸女子，
浑身是鲜血淋漓。
从头上直到脚下，
处处有鞭伤痕迹。
衣服被撕成碎片，
裸露出鳞伤遍体。

举双目仰望苍穹，
似泉涌泪水晶莹；
手被捆不能转动，
显然是受过酷刑。
向着我投来目光，
似乎在向我求情。
一霎时在我心间，

分不出是苦是酸。
野蛮人态度傲慢，
表情是那么凶顽：
我与他互看一眼，
彼此已不宣而战。

像猫儿往后一跃，
闪开我一段距离。
他利用这个优势，
似猛兽准备出击：
解下了腰间球索，
警惕地等待时机。

尽管我出于不平，
并非是故意寻衅；
也只得将马拴好，
将刀柄用力握紧，
这玩意不会走火，[①]
双方都准备死拼。

我当时立即觉察，
那已是千钧一发。
两个人相互对峙，
他瞪我我瞪着他；
我对他害怕疑心，
他对我疑心害怕。

① 高乔人蔑视火器，惯于用白刃厮杀。

土著若跃跃欲试，
你可要格外小心：
他摆好那个架势，
一个人能抵数人；
活像只扑食猛虎，
扑上来将人生吞。

要上前十分危险，
欲退后同样艰难；
但是要如此等待，
危险会有增无减，
其他人若是赶到，
陷重围尸首难全。

我依仗沉着冷静，
多少次死里逃生。
人处在紧要关头，
一疏忽就会丧命。
克鲁斯如果在世，
就不会如此心惊。

两个人合在一处，
就会有双倍勇气，
逢陷阱总能脱身，
遭险情也不畏惧，
不用说一个土人，
全上来也能抗拒！

那时节决心难下，
形势又如此紧张。
无非是两种结局：
非他死就是我亡。
我若不杀死土著，
必然会做鬼他乡！

时间在渐渐逝去，
事情真令人焦急，
看土著不动声色，
我侧身迈步撤离，
装作去牵他坐骑，
倒看他理我不理。

谁要和土著搏斗，
当善于以守为攻。
担心要失去骏马，
这使他怒火上升。
他再也沉不住气，
凶狠地向我猛冲。

他和我开始交战，
抛双球疾似闪电！
有一枚擦肩而过，
如打中筋骨必断。
那玩意虽是顽石，
飞过来却似炮弹。

野蛮人鲁莽无比，
一生中实未曾见。
我开始将刀刺去，
那潘帕弯腰缩肩。
刀虽是神出鬼没，
他总能转身躲闪。

那猛汉耍起球索，
真可谓敏捷灵活：
收拢去疾似流星，
紧接着又投向我。
那家伙飞将过来，
从头上呼啸而过。

像所有土著一样，
他总是遇事不慌！
我狂怒失去自制，
他镇静实比我强。
用一球将我紧逼，
另一球欲将我伤。

那时节我真倒霉，
没想到险情横生：
我当时将他抓住，
他向后退个不停，

我踩在契里帕[①] 上，
这一跤跌得不轻！

那土著立即上前，
全不容祷告苍天：
一见我跌倒在地，
活像是猛虎下山，
将球索打将过来，
紧擦过我的耳边。

对利刃他不惧怕，
那土著将我紧抓，
一心想置我死地，
岂容我往上挣扎，
牢牢地压住我身，
我难得动弹一下。

要挣脱那是妄想，
那汉子紧抓不放；
我本是堂堂男儿，
已使出平生力量；
但是在土著身下，
连翻身都无指望。

……

① 契里帕(Chiripá)是高乔人穿的类似围裙的衣服，盖住从腰部至膝下的部位。

我赞美万能上帝！
谁能不感到神奇：
就在这危难时刻，
谁料到纤纤弱女
竟然有偌大力气，
男子也望尘莫及！

女奴隶哭得悲惨，
见险情勇气忽添。
箭一般飞步向前，
痛苦早抛在一边，
将土著用力一拽，
我顿时转危为安。

这救援多么及时，
它使我摆脱险境。
若不是她这一拉，
我肯定早已丧命。
有这等崇高楷模，
我立刻勇气倍增。

我刚刚站起身来，
又和他扭在一起。
虽已是大汗淋漓，
此时节岂能喘息。
似这等险境危急，
我以后从未经历。

我不能容他喘息，
这自然理所应当。
情况已更加困难，
因为我必须提防：
野蛮人气急败坏，
用球索要将她伤。

球索在土著手里，
抡起来疾如闪电，
使起来得心应手，
像山羊一样灵便。
我们俩默默厮杀，
像野兽一样凶残。

荒漠中这场决斗，
真使我牢记终生。
对手是何等可怕，
我却在玩弄性命。
那一位不幸女子，
可作为当时见证。

他越是怒火上升，
我越是沉着镇静。
土著若不伤我命，
至死也不会甘心。
我终于获得优势，
砍断他一根索绳。

那恶棍一球打来，
打得我肋骨直响，
我向他大喝一声，
像流星逼近身旁，
那小子脚下一滑，
踩在那婴儿身上。

要说明这一神秘，
我自知学识短浅。
我寻思这是上天，
在将他严加惩办。
事情若不是凑巧，
那便是天随人愿。

正当他脚下一绊，
我将他前胸抓到，
尽管他复又站起，
那也是致命一跤，
好时机岂能放过，
我对他连劈两刀。

他觉得身负重伤，
好像是有些气短，
不过那土著坚韧，
他锐气并未大减。
喉咙中响声刺耳，
似乎在狂呼乱喊。

他头部已被我砍，
鲜血冒糊住双眼，
另一处伤也不轻，
鲜血涌如同喷泉。
两只脚还在挣扎，
仍不肯认输服软。

三个人都很可怕，
构成那阴森骇人：
她满怀失子巨痛，
我舌头伸出嘴唇。
那土著如同恶魔，
挣扎在地狱之门。

那蛮汉渐渐感到，
鬼门关近在眼前。
头发已根根竖立，
眼珠儿也已上翻，
每当他呼吸喘气，
嘴唇便抽搐抖颤。

我重新操起刀刃，
赏给他致命一击。
一看到大势已去，
那土著颓然丧气。
发出了一声嗥叫，
就好像一声霹雳，
震撼了整个大地。

结束了那场血战，
我用刀将他挑起，
将那个大漠之子，
用全力向上高举，
拖出了一段距离，
知道他已经断气，
便把他扔在那里。

在胸前画着十字，
谢上帝救我脱险。
那一位可怜女子，
还跪在草地上边，
两只眼望着苍天，
哭泣得好不心酸。

我跪在她的身边，
为感谢上帝苍天。
她感谢圣马利亚，
那痛苦撕人心肝，
边哭泣边做祈祷：
保我俩生命平安。

当她已祷告完毕，
像雌狮一跃而起，
并没有停止哭泣，
将孩儿尸体收起，
在我的帮助之下，

包裹在破布片里。

十

那时我顿增信心
逃离这漠漠大荒。
倘若我被人发现，
也要与他们较量，
因他们定要报仇，
一齐来与我算账！

将我的那匹骏马，
让与那不幸妇人。
我将它亲手调驯，
不管在哪里藏身，
只要一听到哨音，
立刻便向我飞奔。

我跨上死者坐骑，
那是匹千里乌骓。
两腿才跨上鞍镫，
恨不得插翅高飞。
那骏马疾如猎犬，
跑起来流矢难追。

旷野上驰骋飞跑，

这马儿安全可靠。
都受过严格训练，
宛似那光闪风飘。
倘若是遇上鸵鸟，
马颈下能将它套。①

潘帕人训练骏马，
全为了用它作战，
只要人用脚一蹬，
坐骑就疾如闪电。
它能像陀螺一般，
牛皮上来回打转。②

遛骏马从不偷懒
跨雕鞍迎着黎明，
专门在泥沙地上，③
训练它纵横驰骋。
因此上潘帕良骏，
普天下赫赫有名。

若骑上潘帕骏马，
甭担心它会倒下。
它那里风驰电掣，
从不知劳累疲乏。

① 鸵鸟善奔走，速度极快，只有骏马才能赶上它，让骑手用球索猎取。
② 马训练得极好，能在地上晒的牛皮上打转。
③ 沙地上奔驰吃力，如此驯马，使它更能吃苦耐劳。

精心地将它驯养，
绝不会弓腰耍滑。[①]

为使它全身舒展，
耐心地抚摩温存，
厮守着不肯离去，
一连有几个时辰。
直到它俯首帖耳，
再也不尥蹶踢人。

土著们驯养生马，
从不肯打它一下。
对待它无比耐心，
不鞭打全凭感化，
一直到那个畜生，
乖乖地俯首听话。

尽管我不用鞍鞯，
却不怕乱跳狂颠，
对此事我是内行，
驾驭马不能心烦，
第二天不用人管，
它也不离开门前。

因此上无论是谁，
要想有出色骏马，

① 指马突然弓腰直立，这样会将骑手摔下。

都必须废寝忘餐，
精心地照料于它：
不让人将它抽打，
也不准硬拽生拉。

不少人将马驯养，
只知道鞭打严厉。
一见那粗野畜生，
表现得令人可气，
就把它绑在桩上，
打得它昂首乱踢。

对此法还要狡辩：
原地转是为备鞍，
嘴上说是在驯马，
谁都能一眼看穿：
明明是怕马踢他，
却不肯坦率直言。

原谅我出言不逊
那马儿本是畜生。
但它却极有灵性，
同时又聪敏多情，
这动物惹人宠爱，
靠耐心驯养才成。

若明白此情此理，
就会比他人高明。

人贵在善于学习，
好驭手寥若晨星，
莽撞汉比比皆是，
只知道紧握辔笼。

……

正如同前面所述，
我携带女伴同行。
两个人拼命赶路，
一整夜马蹄未停。
我们俩听天由命，
哪管是南北西东。

我已经将那死者，
埋葬在草垛里面。
把一切收拾停当，
用干草将他盖严。
使人们难以发现，
有利于我俩安全。

若发现我们潜逃，
他们会前来追赶。
在决定逃走之时，
我早已考虑周全，
下决心一拼到底，
生或死已然不管。

荒漠中欲逃性命，
要冒着巨大风险。
多少人中途饿死，
只因为提心吊胆，
为避免被人发现，
无人敢生火烧饭。

只有凭智慧技能，
才能够保全性命。
盼救援那是空想，
只有求苍天神圣。
谁要想逃出大漠，
向来是九死一生。

天与地紧紧相连，
野茫茫一望无边。
倘若是迷途转向，
那实在令人可怜！
谁要想穿越荒漠，
有忠告切记心间：

白日里记准方向，
丝毫也不能粗心，
赶路时方位要准，
不能差一厘一分，
就寝时要将头部，
权当作行程指针。

一定要注意观察，
太阳从哪里上升。
倘若是阴云密布，
使得你无法看清，
干脆就原地不动，
若迷途定会丧生。

对世间所有动物，
天赋予敏锐本能。
人类也毫不例外，
生活在莽原当中，
日和星指引方向，
还有那动物和风。

我们在化日光天，
想避开土人视线，
找一个隐蔽地点，
在那里藏身方便，
一直到夜幕降临，
才继续催马向前。

受尽了千辛万苦，
忍受了种种艰难。
多少次水米不进，
或是将生肉吞咽，
有时用草根充饥，
这句句全是实言。

经过了诸多风险，
真令人忐忑不安，
总算是安然无恙，
远望见一座高山：
我们俩终到此处——
有翁布① 长在那边。

克鲁斯葬身他乡，
我心中重又悲伤，
面对着苍天浩宇，
满怀着无限敬仰，
亲吻了神赐乐土，
无土人敢来这方。

毕竟是天主慈善
常常向我们施恩。
无论做任何事情，
都需要毅力恒心。
经过了千辛万苦，
才找到庄园安身。

我与那不幸女友，
从此便各奔前程。
对她说："我要走了，
尽管有官府追踪，
即便是阴曹地府，

① 翁布(Ombú)是一种植物，只有在高乔人居住的地方才有。

我情愿边境谋生。”

唱到此算作一段，
留一段下回演唱，
请让我休息片刻，
我儿子就要出场：
我多么希望他们，
心里话开怀细讲。

十一

先取过水酒一杯，
解一解喉咙干渴。
小伙子正把弦定，
调整好六弦琴声。
趁此时听我细讲，
父子们如何重逢。
我到过几座庄园，
为把那下落打听。
心想在多年之后，
或者能有个究竟。
虽经过多方询问，
与过去依然相同。
就这样四处奔走，
假装作愚昧无能。
最好是不去惹事，

何必去自寻不幸。
对鄙人诸位清楚，
与官府水火不容。
到头来总要被传，
这笔账迟早要清。
但是我终于走运，
遇上了故友亲朋。
告诉我真实情况，
到那时我才弄清：
害我的那个法官，
早已经葬入坟坑。
只因为他的罪恶，
我十年在外飘零。
十年啊可不算短，
只剩下暮年残生。
怎样的苦度岁月，
到现在仍能记清：
在边境度过三载，
做逃犯两年挂零，
土人中春秋五易，
加起来整整十冬。
这故人又对我讲：
不必再害怕担惊。

一切已恢复平静，
官府也不再追踪。
人们都已经忘却，
那黑人如何丧生——

尽管我将他杀死，
他也非省油的灯，
我可以当众承认，
那是我失手造成。
但是他将我激怒，
先下手凶狠无情，
尤其是砍伤我脸，
非等闲岂能宽容。

那朋友向我保证，
早没人记在心中：
在那间小小酒店，
另一人因我丧生。
只因那狂徒寻衅，
我无辜受他欺凌。
他主动向我挑战，
我若是对他宽容，
哪怕是反应迟钝，
此刻也早变沙虫。
完全是咎由自取，
他首先来动刀兵。

对那场孤军奋战，
如何与警察相逢，
人们也不再谈论，
故人也告我实情。
那一次也是自卫，
完全是权利所容。

因他们前来捕我，
在深夜旷野当中，
持兵刃向我靠近，
也没有警告一声，
对着我齐声呐喊，
那阵势令人心惊。
他们既与我算账，
将我当逃犯元凶，
说话的并非官长，
只是个普通士兵。
这样做使人感到，
并非来主持公正。
且不说对于无辜，
对罪犯这也不行。

听到了这些消息，
我心中无比欢腾。
如此说无论何地，
我都能与众相同。
到现在我的儿子，
有两个与我相逢。
对这一幸福团聚，
我感谢上天恩情。
每当我与人谈话，
总询问他们行踪。
可是却无人知晓，
他们的真况实情。
那一天真是凑巧，

有件事传入耳中：
赛马会规模盛大，
在几个庄园举行。
我也去那里观光，
尽管是一文不名。
不消说就在那里，
千万个高乔当中，
许多人早已知道，
什么人叫作马丁。
孩子们就在那里，
照料着比赛畜生。
听到了众人叫我，
立刻便向我靠拢，
告诉我各自姓名。
可已经互不相识，
因我是土著装束，
再加上老态龙钟。
拥抱的热烈场面，
还有那亲吻哭声，
全都是妇人行径，
她们才如此多情。
男子汉全都知晓，
英雄们所见略同：
大家在唱歌跳舞，
哭、吻要悄悄进行。
儿子们含泪告我：
我老伴已做亡灵。
为了能抚育孩子，

不幸人曾去村中。
在那里贫病交加，
无疑是困难重重。
最后她进了医院，
已然是日暮途穷。
似这等水深火热，
很快便阳寿告终。

就这样失去伴侣，
我发誓双目难瞑。
自从我知道此事，
整日里老泪纵横。
尽管我心绪不宁，
暂且要忘掉不幸。
我的那两个儿子
六弦琴准备消停。
看他们弹得怎样，
然后再细加品评。
对他们知者甚少，
我倒是很有信心。
并非因是我后代，
这一点无足轻重。
只因为他们从小，
就泡在苦水当中。
哥儿俩都有爱好，
全喜欢冒险营生。
让我们且来看看，

龙是否真会生龙。

十二

马丁·菲耶罗长子

尽管是一根枝条，
与全树却很相像。
听母亲时常言讲，
我认为理所应当：
“儿子们在讲话时，
不能像老子那样。”

可记得当时境遇，
无一处立锥之地。
既没有窝棚过夜，
也没有角落栖息，
既没有衬衣可穿，
更没有篷秋可披。

若不知飘零滋味，
那将是何等幸福。
尽管属老生常谈，
我却要郑重申述：
我打从幼年时起，
即尝尽冷落孤独。

曾有人将我救援，
却未能免掉苦难。
这厄运无法改变，
或许是老天使然。
像牛犊贪吃嘴馋，
我到处遭人驱赶。

像爬虫一样生活，
寻洞穴暂且做窝。
孤儿就如同臭虫，
谁人会给他同情?
人要是流离失所，
像吉他失去琴声。

我相信这些申诉，
听众中会有共鸣。
无家庭又无亲母，
没亲戚又没弟兄，
再没有父亲保护，
谁都会将他欺凌。

这个人抽他一鞭，
那个人打他一拳;
还有人扇个嘴巴，
就这样受难多端;
然而却很少有人，
赏他点残羹剩餐。

倘有人将他收容，
也是想让他劳动。
当他已累得要死，
或生病非常严重，
就给他一块破布，
让他去遮羞挡风。

……

我就是这样生活，
身无衣腹中饥饿，
靠自己养活自己，
苦岁月难熬难过。
等到我长大成人，
凭空又飞来横祸。

请诸君千万别忘，
下面我所说事情：
我是在苦难之中
上完了人生课程，
我自从懂得世事，
就开始思考不停。

如果我犯有过错，
全由于无知造成，
并非因狂妄自大，
总之我出路已定：
在一个庄园里面，

当上了临时短工。

谁若是有权有势，
总能够欺侮穷人：
在邻村财主家里，
放牛人遇害归阴。
他们竟将我诬陷，
居然还弄假成真。

凡是那忠厚之人，
都能够自重自尊：
我那样小小年纪，
灵魂本洁白清纯，
可却被诬为罪犯，
好像是作恶歹人。

对于这凶杀案件，
涉嫌者还有两名。
案情尚悬而未了，
法官的办法高明：
“像耶稣一样上绑，
统统地送往法庭！”

财主们要求严惩，
那法官只得宣判：
“我要将这三个人，
全送往普通法院。”
根据我后来体验，

说“普通”……实属过谦。

前面我已然说过，
被送往普通法院。
我们已被人起诉，
便成了刑事罪犯。
那监狱叫“感化院”，
这名字多么新鲜。

为什么如此称呼，
没有人向我说明，
不过我自有解释，
理由便含在其中：
只因为那些囚犯，
天天在感受酷刑。

本地人身遭不幸，
总得要吃苦才行。
如果你没有财富，
便无人将你照应。
外国佬手段高明，
杀人时佯装发疯。

在那座坟墓里面，
经过了多少时间。
如果是外面不催，
事情会变成悬案：
反正是牢房坚固，

早把你忘在一边。

囚犯们无从知道，
对谁宽对谁从严。
但如此旷日持久，
索性就坦率直言：
人既然进了监狱，
希望早丢在外边！

对法律不去完善，
酷刑却日益健全。
我怀疑那发明者，
一定是某个坏蛋。
即便是罪行再大，
这惩处也嫌太严。

尽管你心洁志坚，
也无法受此摧残。
狱卒们神情沮丧，
干巴巴冷若冰霜，
胜似那铁窗高墙，
令囚徒叹息悲伤。

什么事令人难受，
并不是脚镣手铐，
而是那伶丁孤苦，
死一样沉默寂寥。
好像是普天之下，

你独自忍受煎熬。

即便是英雄好汉，
再加上老谋深算，
一旦被投入牢房，
厮守着他那悬案，
他也会心灰意懒，
以至于头垂腰弯。

在狱中没有公牛，
囚徒们都似羊羔。
只要被锁进监狱，
不管你多么英豪，
也只有俯首帖耳，
缄默着忍耐煎熬。

我曾被命运折磨，
并遭它严重摧残，
谁未受那般苦难，
我对他直言相劝：
请将这前车之覆，
当自己后车之鉴。

母亲啊年迈母亲，
请听听儿的呻吟，
我不会向您撒谎，
也不会存心骗人：
乡亲们不知真相，

做囚徒受尽苦辛。

妻女和众位姊妹，
对男子多么关心。
对她们不妨直言，
那监狱胜似鬼门，
铁窗内万籁俱寂，
只听得心跳声音。

白昼里不见天日，
到夜晚不见星星。
发怨言无人理睬，
为赎罪被锁牢笼。
要落泪别无他处，
只有在四堵墙中。

那寂寞实在可怕，
能听见心房跳动。
因为我亲身经过，
请相信全是实情；
即使在炼狱里面，
鬼魂们也会作声。

计算着漫长时间，
只会将苦恼增添；
每当人泪流满面，
数泪珠更加忧烦；
手摸着脉搏跳动，

生命力渐渐枯干。

再勇猛也会驯服，
再顽强也得弯腰。
那时节你会感到，
四周围何等寂寥。
脚步声清晰可闻，
是死神来把门敲。

在囚徒心目当中，
爆发着一场革命。
被关进铁窗里面，
虽有眼宁闭不睁。
只想要洁身自好，
并将它铭刻在胸。

那时候无所不想，
想弟兄更想亲娘。
人一被投入牢房，
不管他多么健忘，
入狱前所有往事，
统统都涌到心上。

谁若曾自由自在，
随心意漫游四方。
一旦他变成囚徒，
自然会痛苦失望。
受折磨摧肝裂胆，

心再高也难逞强。

在那个狭小牢笼，
我岂能忍气吞声，
不停地大喊大叫：
我犯了什么罪名！
无非想有匹骏马，
在潘帕自由驰骋。

像牲畜锁进圈内，
无奈何忧愤难平。
竟发明这等刑罚，
囿人于黑暗之中。
似绑在铁柱上面，
永世也不得翻身。

每一种悲哀思绪，
对囚徒都是煎熬。
愁和苦持续不断，
神与志终会枯凋。
只因为悲哀愁苦，
与沮丧本是同胞。

眼睛里噙满泪水，
痛苦却不能减轻；
在长久挣扎当中，
无一刻平静安宁，
眼看着他人幸福，

羡慕意油然而生。

在那些高墙后面，
从未有安慰关怀。
好男儿再强再勇，
哪怕是硬似钢材，
既然你进了地狱，
便只有饮泣苦挨。

人倘若气急败坏，
心和肺都会炸开，
虽然是无法平静，
也只得强行忍耐，
在如此险恶环境，
唯祈祷能解愁怀。

纵只令一句祷告，
也请向上帝祈求，
监狱中水深火热，
叹世界将你抛丢！
人一旦失去怜悯，
只能是愁上加愁。

痛苦似无底深渊，
强忍受如此艰难，
时间才不过数月，
已经是两鬓斑斑。
千百遍谴责自己，

恨幼年未把书念。

首先是义愤填膺，
然后便忧郁悲痛。
从没有一丝安慰，
能使我痛苦减轻，
只有用滔滔泪水，
浇地板日夜不停。

同牢房其他囚犯，
家人们常去探监。
我自从关在那里，
从无人问暖问寒。
谁去看孤独光棍，
凭空去自找麻烦。

愿上帝保佑狱卒，
他倒是还有良心。
我深知这种祝福，
得到的没有几人。
纵然他心怀恻隐，
也不敢暴露半分。

要说清所受苦痛，
用语言难以形容，
周围是高墙铁锁，
身陷在囹圄之中。
即便在沉沉梦里，

眼前仍再现牢笼。

……

不准喝马黛苦茶，
也不准开口说话，
更不许放开歌喉，
自然使痛苦增加，
尤其是不许吸烟，
这折磨着实可怕。

法律是极为森严，
残酷得无极无边。
可怜人关在那里，
发高烧呓语连篇。
痛苦中何者最大，
要数那长期孤单。

只能与铁窗交谈，
纯粹为开口说话，
就连这也不容许，
便只好乖乖停下。
因为若惹恼当局，
会受到严厉惩罚。

既然是不许说话，
便只有悄悄挣扎，
谁处在如此境地，

与畜生分毫不差。
剥夺了人的天赋，
使他们成了哑巴。

我百思不得其解，
这原因究竟何在，
上帝既公正仁慈，
教人类能把口开，
可为何剥夺囚犯，
他们的说话天才。

虽无知我也知悉，
神圣的苍天上帝，
对品德高尚之人，
将恩惠慷慨赐予，
这中间语言第一，
第二是交往、友谊。

法律是多么严厉，
因犯罪或因陋习，
便将人投入监狱，
这真是残酷无比：
剥夺人说话权利，
那本是苍天赋予。

孤独会令人心惊，
寂寞会使人惧怕，
总那样失魂落魄，

这痛苦无以复加。
监牢本固若金汤，
又何须禁止说话。

不知若死在牢狱，
是否能埋到外边。
倒霉人关在里面，
总希望找个伙伴。
最好在自己身边，
能有人同病相怜。

其他人或更聪明，
讲道理更加雄辩。
我不善深思熟虑，
这道理却也昭然：
耶稣在十字架边，
也还有两个伙伴。①

在一片黑暗当中，
我头脑尚且清醒。
我心灵尚能忍受，
似这等无名酷刑，
人能够互相排忧，
交谈使愁苦减轻。

……

① 钉在十字架上的耶稣，左右各有一个已经忏悔的强盗也钉在那里。

请将我前面所唱，
铭刻在脑海心间。
我虽说多方受难，
依然要在此直言：
那看守确是好人，
简直是近似圣贤。

其他人也都不错，
都将他奉为楷模，
纵然是情况如此，
却仍然十分险恶。
想一想就会懂得
我诉苦究竟为何。

上面我所讲事情，
已经是彻底分明。
大家要原原本本，
牢牢地记在心中。
谁怀疑这是事实，
将来会尝受苦痛。

大家若听我奉劝，
牢房将不会住满。
诸位要效法良善，
切莫要忘记这点：
我讲的绝不过分，
恐怕还不够周全。

讲到此就算一段，
请大家多多海涵。
望各位莫要忘记，
不幸人这段经历。
既然被投进监狱，
有多少事情好提？

十三

马丁·菲耶罗次子

我所要讲的事迹，
请诸位休得怀疑，
要讲清十分困难，
我决心破此难题：
心儿虽透彻清楚，
口儿却不听摆布。

我们家惨遭不幸，
受煎熬整整十年。
在异乡流离失所，
没一处能把身安，
无奈何只得忍受，
一大串凌辱、灾难。

就这样苦度光阴，

在人前总矮三分；
家长已不知去向，
孩子们依靠何人？
就如同念珠失散，
穿线已断成两根。

我也同众人一样，
直等到福从天降。
老阿姨知我命苦，
收养我在她身旁。
在那里应有尽有，
生活得舒适安详。

那真是无忧无虑，
也没有活计可忙，
就像个快乐小伙，
饭送来才把口张。
那谚语说得有理：
在人间好景不长。

老阿姨在我身上，
倾注了慈爱深情；
对待我犹如亲子，
那感情纯真明净；
将自己所有财产，
指定我全部继承。

老妇人刚离人世，

那法官毫不迟延。
他说道："你的遗产，
由我来替你照管；
一群牛不多不少，
外加上绵羊两圈。"

他自恃懂得法律，
说起来口若悬河。
对我说："你太年轻，
对事情懂得不多。
保护人我给你找，
管财产他可委托。"

因为他深知底细，
便通盘反复核计。
等到这阴谋诡计，
一切都安排就绪，
监护人来到面前，
领着我随他而去。

那篷秋没过多久，
就已像筛子一般，
契里帕更加破烂，
尽管我能耐严寒，
无论是严冬盛夏，
都没有衣服可穿。

无依靠痛苦难言，

月复月年复一年；
那法官缄默不语，
任穷苦将我熬煎。
看自己这等寒酸，
阿姨又浮现眼前。

同阿姨生活多久，
我自己也记不清。
后来便东游西荡，
好像是水上浮萍，
终落入监护之手，
他本该将我照应。

十四

这一位监护老汉，
很快便现出原形，
看一看那副面孔，
便知他又刁又凶。
脾气怪偷窃成性，
“美洲兔”是他诨名。

法官的企图为何，
我怀疑不会有错，
这密谋尚未证实，
对此事先保沉默。

监护人是个遗老，
似他者所剩不多。

那老汉诡计多端，
像公牛一样凶悍。
整天价骑匹黑马，
不知他有何事干。
两只脚如同鹦鹉，
脚趾间距离极宽。[1]

和狗群待在一起，
这是他最大乐趣，
无论在何时何地，
至少是六只有余。
将人家奶牛杀死，
好让他狗群充饥。

我们俩每天夜晚，
到庄园将牛宰杀，
将骨架扔在那里，
将牛皮驮运回家，
卖给一店铺老板，
换烟酒和马黛茶。

① 为了避免从马上跌下来或者在马趴下时发生危险，有的骑手不用马镫，而是用两个绳套，先把大脚趾伸进去。天长日久，大脚趾和二脚趾间的距离很宽，像鹦鹉的脚趾一样。

我生平所遇之人，
那老汉最善经营。
偷来的每张牛皮，
都用来糊口谋生。
他和那店铺老板，
还立下字据合同。①
他装得十分谨慎，
剪羊毛格外细心，
谁若是将羊伤害，
他定会撒野骂人，
可他若不偷剪刀，
羊毛也要偷几斤。

只因我殴打狗崽，
他将我打得不轻，
疼得我高呼救命。
可他在巴斯克家，
临走时偷了皮绳，
真是比狐狸还精。

我心中暗暗说道：
竟叫我受此煎熬。
要知道不是不报，
只不过时辰未到。
小动作偷鸡摸狗，
这恶习让你改掉！

① 当时卖牛皮都要有原主签署的字据，否则禁止出售。

只因为杀只疯狗，
他又来和我吵嚷。
我向他一提此事，
触到了他的秃疮：
“不许你提这些狗！”
他气得眼冒火光。

看到他恼羞成怒，
我只好忍气吞声。
心里想他再发作，
挨顿打可就不轻。
一见他如雷暴跳，
我只得一声不吭！

一次他见些骒马，
俱都已老迈无用，
让几匹卧倒在地，
一心要偷剪马鬃。
我看到主人走来，
故意未给他报警。

那主人怒气冲冲，
就像是电闪雷鸣，
一翻身跳下骏马，
将皮鞭甩在空中，
这一下非同小可，
“美洲兔”受用无穷。

“兔大人”两眼发蒙，
分不出南北西东。
战兢兢怕挨鞭打，
抱住头不敢出声，
一直到骑上马背，
拼命跑一步不停。

听众们或许以为，
老汉会改掉陋习。
事实上并非如此，
他只是更加仔细；
白日里捉来马匹，
到夜晚再把鬃剃。

就这样一个老人，
掌握着我的命运。
总是搞歪门邪道，
众邻舍议论纷纷：
这个人实在缺德，
太无耻是条恶棍。

他为我当保护人，
是法官将他任命。
说他是正人君子，
要由他将我照应。
说他能对我教育，
教育我怎样劳动。

跟这个顽固老头，
能学到什么东西？
寄生虫一样生活，
专会搞骗人把戏。
是一个流氓扒手，
比蠢猪更加可气！

他没有什么财产，
也没有什么家当，
一间房没有屋顶，
外加上破车一辆，
破茅屋当安乐窝，
哪管它东摇西晃。

他每天深夜回来，
到里面休息休息。
我总想观察观察，
他藏着什么东西。
然而却从未如愿，
他不让别人进去。

身穿着破烂衣裳，
无法将寒风抵挡。
我那样赤身裸体，
老家伙蛇蝎心肠：
硬叫我睡在外面，
冻得像冰块一样。

年轻时他曾成亲，
尽管我不大相信；
有朋友对我言讲，
老家伙凶狠异常，
只因为嫌茶太凉，
竟打死自家婆娘。

从此便成了光棍，
以后就再未结婚。
找对象谈何容易，
谁还愿与他成亲。
前妻的悲惨命运，
听说后谁不寒心。

他总是梦见妻子，
无疑是因为亏心。
老恶棍一再说道：
每当他病魔缠身，
总见她大喊大叫，
从地狱向他讨魂。

十五

他性格生来古怪，
极少与别人往来，

玩手指聊以自娱，
或者是抓耳挠腮。
只有当酩酊大醉，
才对我细述情怀。

我似乎又看见他，
破篷秋往身上搭。
一口酒伸脖咽下，
便打开他那话匣：
“若看到饥饿瘦狗，
别在它面前停下！

“人一生万事悠悠，
保性命最为重要。
要记住我的教诲，
要留心我的劝告：
常言道老马识途，
老年人啥都知晓。

“你要与法官交往，
当叫他无话可讲；
他若是怒火万丈，
你应当忍辱退让，
靠大树才能乘凉，
蹭木桩才能解痒。

“万不可得罪于他，
因为他权大势大。

坐在那交椅之上，
你无可奈何于他。
老实就用圆头打，[①]
调皮就用尖头扎！

“好汉子狂妄风流，
像塔拉是个刺头。[②]
倘若他没交好运，
也同样软似黄油。
野马驹遇到干旱，
水再浅也要低头！

“应该向老鼠学习，
它可以随便迁居，
无论在哪个角落，
都可以暂把身栖；
而奶牛换了住地，
连牛犊都小而稀。”

老东西堪称海量，
饮美酒不醉不慌：
“男子汉不应轻信——
菲耶罗你要谨记：

① 据埃尔南德斯本人讲，当年在布宜诺斯艾利斯农村，赶车人坐在车内的椅子上，用一根一头带尖的木杆来驾驭牲口。牲口老实就用圆的一头，不老实就用尖的一头。

② 塔拉(Tala)是一种带刺的树，木质坚硬呈白色，在布宜诺斯艾利斯省的山区甚多。

其一是狗装腿瘸，
其二是女人泪滴。

“即便是天坍地陷，
也无须枉自悲伤。
人生中最为重要，
我寻思只此一桩：
就是像驴子那样，
槽在哪总不会忘！

“面包师烘烤面包，
任炉火熊熊燃烧。
我从不自寻烦恼，
对世事不听不瞧。
猪竟食亲生猪崽，
所以才肥胖添膘。

“老狐狸狡猾精明，
从远处嗅个不停。
为个人谋求好事，
性过急难得成功。
奶牛要慢慢倒嚼，
牛奶才又纯又浓。

“要吃饭自己去挣，
休要叫他人得知。
千万别惹人注目，
哪怕在玩笑之时。

逃命若从明处走，
命不能逃只能失。

“无利处我绝不往，
老主意从不背离。
要将我作为榜样，
准保你不饿肚皮。
应该向蚂蚁学习，
空稻壳绝不去移。

“对他人莫生忌妒，
忌妒心实在可悲。
见别人得到好处，
不要去搬弄是非。
猪崽各吃各的奶，
彼此无争是常规。

“多少人如此生活，
由穷汉出力供养；
确有人如同羔羊，
只是把草尖舐尝，
也有人恰似公羊，
连草根全都啃光。

“你若想生活安静，
打光棍与世无争。
你若想寻求婚配，
有忠告务必记清：

漂亮的人人喜爱，
要独占难得成功。

“女人家就像畜生，
在此本不想点明。
总是爱少年英俊，
选择时定要看清，
因为她心如蛙腹，
光溜溜又冷冰冰。”

醉酒后嘟嘟囔囔，
他经常对我言讲：
“你还是无牙小马，
老朽我语重心长：
任何人都须提防，
不能靠近腰刀旁。[①]

“利刃虽必不可少，
也难知何时所需。
当你去秘密幽会，
尤其当夜深人稀，
一定要常备不懈，
抽出来便能御敌。

“谁若是不会节省，
再苦干也要受穷。

① 即不要叫任何一个人靠近挎腰刀的一侧，以防万一。

无论你何等精明,
也难以摆脱困境:
大肚汉既是天生,
用绳勒岂能勒平!

“风把我吹到哪里,
我就在哪里安居。
每当我感到烦恼,
喝口酒聊以自娱。
不仅要洗净身子,
也愿将内脏冲洗。

“你小子嘴上无毛,
这些话非常重要。
我这些经验教导,
你永远不可忘掉:
斗鸡中我体会到,
一定要装上利爪。”①

似上面这些劝告,
我都在心中记牢。
他还有许多说教,
我不再继续唠叨。
直到他躺在那里,
狗群中沉睡一觉。

① 斗鸡时,要给鸡在爪子上装上金属的刀片,以利搏斗。

十六

当老人染病在床，
我看他每况愈下。
已经是病入膏肓，
要好转难以想象。
我给他找个巫婆，
看是否还有希望。

看过后她对我说：
“难指望战胜病魔，
备后事不可再拖，
他在世时间不多。
因为他有个栗子，①
正长在臂下腋窝。”

俗话说牛群当中，
好斗的总不会少。
有人在门外听到，
向巫婆大声喊叫：
“应该说长了瘤子，
长栗子真是好笑！”

① 巫婆无知，将“瘤子”说成“栗子”。

知道是被他听见，
我连忙开口搭言：
“局外人多嘴多舌，
依我看有所不便，
先生啊，要说栗子，
那可是狐婆高见。”

我这里话音刚落，
门外人高声反驳：
“又出了新的洋相，
要打赌定是你错：
看病的那个老妇，
是巫婆不是狐婆！”

歌者又向他开言：
“鸡多了反不下蛋，
我告诉廉价客官，
不要将闲事多管，
应看看与谁交谈，
并非在‘朽才’① 中间。”

为了能言归正传，
继续把往事叙谈。
我请求那位博士，
不要再将我纠缠：
我无知确实不假，

① 译者在这里利用了“朽才”与“秀才”的谐音。

可从不夸夸其谈!

他病情并未稍减,
越来越烦躁不安。
那样子叫我害怕,
远远地将他照看。
老汉的那副嘴脸,
像是在受刑一般。

我们俩共同度过
可怕的寒冬夜晚。
他在那谩骂上帝
和其他各位圣贤;
喊叫着要求魔鬼
带他到地狱阴间。

他一定罪孽深重,
所以才如此惊恐。
每看到一件圣物,
便急得癫癫疯疯。
就像是中了妖魔,
浇圣水才能平静。

我从未将他靠近,
因为他坏了心肠;
看着他大逆不道,
我远远站在一旁,
要给他什么东西,

用竹竿挑在尖上。

我心中这样考虑，
不理他并非不义。
随他去怨天尤人，
就让他如此下去，
一直到死神降临，
拖走这异端叛逆。

见他已不能说话，
我给他拴个响铃。
他知道死在旦夕，
用手指紧扣墙壁。
在敝人和狗中间，
将双眼永远紧闭。

十七

一见他寿终正寝，
我还是不免吃惊。
连忙去招呼村长，
他立刻跟我同行。
另外有几位邻居，
来料理发丧事情。

一老者祈祷虔诚，

"祝福他魂灵幸运,
愿天主将他宽恕,
这是我肺腑之音。
我知他偷盗成性,
曾经偷牛犊一群。"

村长说:"一点不差,
他由此致富发家。
我永远不会忘记,
他作恶奸诈狡猾。
我只得颁发命令,
不准他将牛宰杀。

"他从小是好骑手,
驯烈马非同寻常。
每当他搬鞍备马,
从不用别人帮忙。
他能在马栏里面,
驯烈马只用皮鞭。

"他从不与人为善,
这毛病已有多年。
羊群若混在一起,
他擅长挑挑拣拣,
好的他全部拿走,
嘴里还骂声连天!"

"望上帝保佑死者。"

第三个接着发言，
“他总是偷人羊崽，
真可谓过海瞒天。
将羊头全都埋掉，
剥下皮好去卖钱。

“当围坐火堆旁边，
坏习惯更是讨嫌！
短工们聚在一起，
他把壶抢在手里。
说一声：‘我来坐庄’，
一壶茶全部喝光。

“有时候要吃烤肉，
这无赖更是气人！
眼看着肉已烤好，
先将它诅咒一顿，
然后就唾上一口，
叫大家全都恶心。

“上面这恶劣毛病，
可有人将他纠正？
有一个混血逃兵，
原和他颇有交情。
那小子十分好斗，
‘捣蛋鬼’是他诨名。

“那一回是在夜里，

烤肉时重演故技。
混血儿愤怒跃起：
‘老混蛋不是东西！
吐唾沫在肉上面，
不教训便宜了你。’

“只见他跳过火沟，
一只手紧握钢刀。
黑汉子岂肯罢休，
一家伙将他扑倒！
举起刀就向他砍，
幸亏被旁人打掉。

“‘捣蛋鬼’火冒三丈，
他还要继续较量。
当搏斗尚未开始，
他早已怒满胸膛。
‘美洲兔’窜到门口，
一溜烟逃命为上。

“就从那一天开始，
老毛病即被治服。
那一夜逃到山谷，
吓得他不敢回屋。
茅草丛躲了一夜，
水米都未曾进肚。”

在场人这般议论，

可是我在他身旁，
听到了这番讲述，
他虽是卑鄙之徒，
我心想对于死者
算什么祈祷念珠！

这之后村长动笔，
将死者财产登记，
清理出坛坛罐罐，
没一件值钱东西。
破烂货车载斗量，
全都是废物垃圾。

取出了套索绷带，
皮条子宽窄不同，
鞭穗子粗细多种，
绊索和马掌缰绳，
马笼头数不胜数，
马肚带堆成山形。

驯马的各种皮绳，
嚼子和破旧马镫，
球索及马刺马鞍，
破壶和破锅若干，
旧铁环成捆成串，
都被他从中剁断。

又清出响铃一串，

锥子和刀子、皮线。
有不少羊毛坐垫，
一大堆破烂鞍面，
许多只单只皮靴，
无数的各种小环。

沙丁鱼废罐一堆，
外加上鹿皮几张；
旧斗篷千疮百孔，
一团糟杂乱无章；
甚至还有瓶墨水，
从法院偷来储藏。

老村长一本正经：
“比传说还要严重。
他活像一只蚂蚁，
什么都搬迁进洞。
我需向法官说明，
也免得怀疑群众。”

看当时那种情景，
真令人头脑发昏。
当场就有人宣布，
某一件属于他们。
依我看存心不良，
分明在以假乱真。

当他们倒柜翻箱，

各角落都搜一场。
直累得吁吁气喘，
其实是一通空忙。
村长说："咱们走吧，
以后我将他发丧。"

尽管那蚁穴洞主，
不是我生身父亲，
可对我十分亲切，
临终话一往情深：
"这一切全归你管，
你是我后继之人。"

这件事必须料理，
不管是什么手续。
我找个遗嘱证人，
邻居们谁都可以。
事情已不似从前
那样的紊乱不堪。

我真想感谢苍天！
我已像乞丐一般！
让我来继承遗产，
尽是些破破烂烂，
我首先是想知道，
我的牛是否平安！

十八

如前述他们已走，
去筹划为他发丧。
当时我十分害怕，
便放声大哭一场。
在死者与狗中间，
我感到孤独凄凉。

我取出护身圣物，
给死者挂在身上，
因为在上帝心里，
慈悲本无边无量，
他生前将我监护，
我祝他灵魂安详。

眼见得这等凄凉，
禁不住痛苦悲伤。
玫瑰经胡念一阵，
好似为生父悼亡。
我吻那护身圣像，
原是娘为我戴上。

我呼叫:“儿的亲娘，
你受难今在何方?

儿为娘双眼淌泪，
娘为儿双眼泪淌，
你如果看见孩儿，
此刻是何等忧伤……”

就那样大声哭诉，
也不能慰我愁肠；
那群狗不动声色，
增加我痛苦惊慌。
畜生们此时此刻，
也开始眼泪汪汪。

愿上帝保佑诸公，
不像我这般沉痛。
那死者和那哭声，
是多么令人惊恐：
我敢向大家保证，
我差点就要发疯。

老太太大谈迷信，
她们像万事皆通，
说什么狗若流泪，
一定是见了妖精，
我当时完全相信，
无知人总是受蒙。

让老鼠留在那里，
啃那些皮套皮绳；

我却像孤儿一样，
如落叶四处飘零，
将自己杂物带上，
离开了那个巢洞。

……

后听说那天下午，
短工来将他掩埋。
没有人为他送葬，
更甭说守灵致哀。
第二天天刚发亮，
一只手露出土来。

埋他的那位短工，
此外还对我言道：
死者那露出的手，
后来被野狗吃掉。
想到此毛骨悚然，
直吓得灵魂出窍。

也许是我有过错，
不应该惊慌逃脱。
回来后我才知道，
我可以肯定地说：
众邻居由于害怕，
都不从坟旁经过。

那茅屋成了巢穴，
甲虫爬一片肮脏，
来到此汗毛倒竖，
简直会令人发狂，
猫头鹰在那过夜，
尖叫声好不凄凉。

虽经过许多时间，
依旧是心中茫然。
身上衣难遮躯体，
破布片褴褛不堪。
到夜晚总是梦见，
老人和群狗、皮鞭。

十九

我就像脱缰野马，
随心愿自在逍遥。
可能我有生以来，
这一段最为美妙。
我怕有新的监护，
法官也没敢再找。

法官曾对我明言：
“你家产由我代管。
一点也不会丢失，

无论是牛群羊圈。
直到你年满三十，[①]
才算是到了成年。”

我只得耐心等待，
等法律规定年限。
贫穷得像只壁虎，
也不去向他乞怜。
就像是风筝断线，
不晓得飞向谁边。

我如此成人长大，
在水深火热之中；
遭受了多少痛苦，
懂得了多少事情；
不幸却再次降临，
为爱情做了牺牲。

路多么坎坷不平，
这一段最为难行。
遭不幸无人相助，
急得我神志不清。
只因那寡妇高傲，
使得我痛不欲生。

① 在当时按法律规定，22 岁（一说为 25 岁）即为成年。这里显然是对一个孤儿的欺负。

得不到寡妇爱情,
使得我伤心痛哭,
她造成我的不幸,
我只知谴责控诉,
并不分青红皂白,
或许她原本无辜。

我那时一再遭受,
恶命运残酷折磨。
唯请求苍天神圣,
让我将困难摆脱。
听人说有个巫医,
对此症办法极多。

我心中充满疑惧,
到后来打消顾虑。
终于算鼓起勇气,
前去找那个巫医。
将金钱交他手里,
看能否使我痊愈。

我向他吐露私情,
脸红得像个蕃茄。
当巫医向我解释,
我正在抽泣呜咽:
“有人在暗害老弟,

用马黛使你中邪。[1]

“为能够将你解救，
首先要使你中魔。”
说罢用鸵鸟羽毛，
来将我周身绕过，
他说：“从十字架上，
已知道疗法如何。

“要将你认识的人，
一个个全都骂遍，
害你者究竟是谁，
很快就能够发现，
无论他是死是活，
骂起来不能嘴软。

“找寡妇一块布片，
然后你跪在上边，
面前再放棵芸香，
然后把祷词默念。
这样做毫无疑问，
保证你痊愈复原。”

我立即遵命照办，
偷寡妇一块布片，
再将那芸香放好，

① 指在马黛茶里放了什么东西，使饮者中邪。

祈祷在十字架前。
朋友啊,尽管如此,
相思情如故依然。

有一次又出主意,
硬叫我去吃蒺藜。
我实在莫名其妙,
无奈何治病心急;
未迟疑立刻便去,
嘴巴上鲜血淋漓。

那么多偏方野药,
我以为病能医好;
心灵中悲伤苦恼,
一时间有所减少;
可一见那个寡妇,
情欲又将我焚烧。

我再次向他求教,
他学识的确不凡,
鬼东西给我开方——
他真会乘机赚钱,
叫我用三只蟋蟀,
当念珠挂在胸前。

我为了解除苦痛,
最后又找那“医生”。
他说道:“你可放心,

我行医从不失灵，
定保你恢复康健，
那寡妇不会得逞！

“对药方不要泄气，
讲科学岂是儿戏。
你对此一窍不通，
切勿使他人生疑，
找黑人头发三绺，
和牛奶煮在一起。”

对那些拙劣药方，
我心中怀疑增长。
对他说：“这个办法
难治我心中欲望。
我宁愿有灾有病，
也不想吃药送命。”

就这样任它下去，
直到与神父相遇。
他将我训诫一顿，
无非想治我痼疾，
告诉我那个寡妇，
“原本是良家妇女。”

他所说那些话语，
我终生不会忘记：
“要知道她的丈夫，

临终时留下遗嘱：
一旦他灵魂归去，
谁也别将她再娶。
她已经对天盟誓，
当时他还没咽气。

“她必须遵守誓言，
这本是上帝所愿。
因此你千万记住，
不要再与她纠缠。
她若是失节丧志，
你们都难逃灾难。”

靠这种苦口良言，
我终于悔悟转变；
这才算睁开双眼，
将寡妇丢在一边。
胜过那芸香、蟋蟀，
这方法倒真灵验。

到后来友人相告，
那神父曾找法官，
他说我顽固不化，
年轻轻行为不端，
要将我赶出省去，
说我会扰乱治安。

并没有其他缘故，

可能是因此谗言，
单单就凭这一点，
一下子将我牵连：
第一批服役招兵，
就将我发往边关。

从前将寡妇追求，
这毛病我已根除。
经历了千辛万苦，
一心想故土重游，
看法官记得与否，
我那群绵羊奶牛。

二十

马丁和两个儿子，
来到了大众之中，
父子们多么高兴，
同欢庆骨肉重逢。

整十年多么漫长，
亲人们天各一方。
今日里重新团聚，
简直是欣喜若狂。

正是在此时此刻，

有人从外面进来，
他也要参加聚会，
求主人将他接待。

这青年来自外地，
看相貌平淡无奇。
在此前时间不久，
来此地颠沛流离。

有些人满有把握，
说他定来自边关。
前几次赌博场中，
他赢了一位老板。
可他却囊空如洗，
好衣服全无一件。

是一个穷苦歌手，
那模样实在寒酸。
他请求东道主人，
给予他良好祝愿。
但没说真名实姓，
却也是开门见山。

说他叫皮卡蒂亚，[①]
这是他唯一诨名。
他请求众人同意，

① 皮卡蒂亚(Picardia)在此是顽皮、狡猾、玩世不恭的意思。

让他来倾诉衷情。
大家会立刻知道，
他究竟是什么人。

当他将吉他拿起，
人们都洗耳聆听。
放声唱皮卡蒂亚，
伴随着六弦琴声。

二十一

皮卡蒂亚

向大家叙叙衷肠，
话絮烦请求原谅；
故事要从头说起，
尽管这令人心伤：
还在我会哭之前，
就失去生身亲娘。

只落得孤苦伶仃，
从来就不曾弄清，
谁是我生身之父。
恰与那雏鸟相同，
虽然是小小年纪，
也只好自己谋生。

或许是因为兵役，
多少人远离家乡；
或许是因为打仗，
这原因非比寻常：
穷孩子此地甚多，
一个个遭受饥荒。

正由于贫困难熬，
如何度穷苦光景？
尽管是深感羞愧，
但是我仍要申明：
母亲是“洁白无瑕”，
却叫我“流氓成性”！①

有个人将我找去，
要我去为他牧羊。
咒骂声终日不断，
鞭子打更是疯狂；
到头来啥都不给，
哪怕是破衣烂裳。

每天要起早睡晚，
我一直守在田间。
羊羔儿因病死亡，
这本是常事一桩，

① 原文中的 Inocencia 在西班牙语中是清白、纯洁的意思，而 Picardia 则有下流、无耻的意思。

或是雕将它吃掉，
却算在我的头上。

他态度实在蛮横，
真使我胆战心惊。
我很快逃出虎口，
别处去觅食谋生。
与一些踩绳艺人，
来到了圣塔菲城。①

踩绳的主要角色，
收下我做了学徒。
为学艺我不怕苦，
在绳上翩翩起舞；
有一次使我出丑，
弄得我极不舒服。

一次在绳上表演，
只听得场上哗然，
破裤管将腿搅绊，
一只脚失足蹬空，
从绳上摔到地面，
差点将脑壳摔烂。

为此事我被辞退，
又不知何处安身。

① 阿根廷圣塔菲省的首府。

我本想返回故土，
这也是天不绝人：
遇上了几个阿姨，
收养我发了善心。

与那些亲人一起，
立刻像得水之鱼。
虽然是素昧平生，
却都是善良妇女：
我一生从未见过，
对祈祷如此入迷。

才听到祈祷钟声，
玫瑰经早已朗诵。
她们是夜复一夜，
总念那圣徒姓名；
邻舍中许多妇女，
也常来祈祷圣灵。

在那里我所遭遇，
一生将永远记牢。
因为我又要出错，
每一步都要跌跤：
每当我跪下祈祷，
魔鬼就前来打扰。

那时候我已感到，
简直像鬼迷心窍。

我心中何等苦恼，
永远也不会忘掉。
因为我总说不好，
“圣教的那些信条。”

有一个混血姑娘，
她本是土生土长，
总跪在我的身旁，
活像是天使一样。
这黑妞像个流氓，
挑逗我真是轻狂。

那嬷嬷教我学说：
“圣教的那些信条。”
我的嘴不听使唤，
直急得心似火烧。
我看了黑妞一眼：
“圣妞的那些信条。”①

我就知事情不妙，
一巴掌打在脑勺。
当时想赶快改口，
黑姑娘我又一瞧，
结果又脱口说道：
“圣妞的那些信条！”

① 皮卡蒂亚只顾了看黑姑娘，便将“Articulos de la Fe”说成了“Articulos de santa Fe”。

白日里整整一天，
我祈祷毫无困难。
只要是一到夜晚，
怎么也说不圆全。
我心中暗暗盘算，
准有人将我纠缠。

那一夜风雨大作，
看见她失魂落魄。
那双眼令人心惊，
像闪电照亮夜空。
错将那圣卡米洛，
说成了圣卡迷惑。①

这太太踢我一脚，
那嬷嬷打我一拳。
外表是心慈面善，
老妇人却也凶残！
让她们连同祈祷，
统统到地狱里边！

再次同黑妞会晤，
黑姑娘将我诱惑，
搞得我迷迷糊糊。
正在这调情之时，

① 原诗中是将 San Camilo 说成了 San Camilucho。

我头发被人抓住，
让我把邪念根除。

那一位可恶姑娘，
弄得我晕头转向；
我没说“根除邪念”，
却说成“儿女情长”，
这一错非同小可，
一顿打猝不及防。

那记忆和那痛苦，
折磨我多少时间；
做梦时都在琢磨，
她们要根除邪念。
祈祷时总求天主，
让嬷嬷滚到阴间。

玫瑰经时刻唪诵，
一夜夜祷告不停；
就如同洗牌一样，
几句话来回翻腾。
对这些早已生厌，
我终于另去谋生。

二十二

像球儿滚动四方，
像老鼠一贫如洗。
尽管是千头万绪，
我能够赚钱发迹。
仙鹤在水中觅食，
哪怕用单腿站立。

在那里岁月流逝，
既漫长且又艰难。
从其中所得教训，
已变成谋生本钱。
一回家就被征召，
塞到了官军里边。

对玩牌我已精通，
那时以赌钱为生。
与一个酒店老板，
结成了真正同盟，
安排好陷阱牢笼，
他与我合伙分成。

我想得十分仔细，
在牌上做好标记。

他将牌收在匣里，
绝不露蛛丝马迹。
谁若是熟谙此道，
就能占莫大便宜。

谁如果想碰运气，
那才是可笑荒唐：
即便你聪明绝顶，
也要你输个精光。
一根毛全都不剩，
使得你永难飞翔。

与同伙心照不宣，
每局都获胜领先。
来客将银钱输尽，
还有那珍贵衣衫。
蠢货们总来上当，
丢下了大把银圆。

设骗局各有巧妙，
发牌的才知底细。
一张牌发到桌上，
其他人不知是几。
做记号十分诡秘，
一定能赌得顺利。

牌故意叫人看见，
装得像疏忽一般，

对方便孤注一掷，
其实早上当受骗。
只因为露出假的，
真的却藏在后面。

玩蒙特[①] 更要仔细，
这一点切记心间，
手指需一齐用力，
将纸牌攥紧遮严，
找座位要高一点，
光线应来自后边。

搬庄时要抢灯光，
把阴暗留给对方。
玩牌时从头至尾，
让对手安安详详。
有一点至关重要，
眼睛要时时明亮。

当对手将牌展开，
还未能将牌看全。
先给他甜头一点，
那傻瓜立即受骗：
门外汉总是以为
玩纸牌又有何难。

① 蒙特(Monte)是高乔人一种玩牌的方法。

有些人天真简单，
也来到赌场桌前。
看他们忧愁沮丧，
这早已屡见不鲜。
前两下一输再输，①
“露一手”叫他输完。

不会赌岂能赢钱，
哪管你喊地呼天。
门外汉来到这里，
一眼就被我看穿。
跟我玩那是白送，
“拉大车”② 也是枉然。
“九点”③ 和其他赌博，
我所占优势极多。
只要是该我出牌，
倒霉事休想摆脱。
我抓牌随心如意，
下一张同样会摸。④

“打对家”或“捉三仙”，
碰上我谁也为难；

① 原诗中是说当庄家发第一张牌或前三张牌时就输了；下一句是说庄家再要把戏，将新手赢得精光。

② 原诗中的“Manchitas”是孩子们玩牌的一种方法，这里译为“拉大车”是借用这里孩子们一种简单的扑克玩法。

③ “九点”是一种玩牌方法，以九为最大。

④ 指捣鬼有术的庄家能将表面的纸牌剩下，而抽走下面的一张。

我几时想占上风，
很容易称心如愿。
连续来“尖子”“花子”，①
打满分毫不费难。

我会保绝对优势，
手段高精明干练，
既然你要把钱耍，
就不应又愚又憨。
如果要玩坐庄赌，
店主就会来参战。

各种牌早已备好，
手麻利多么灵巧，
第一张牌一抓到，
每一张都已知晓。
牌摆在桌子上面，
输与赢岂出所料！

耍这些圈套、手段，
也时常遇到难堪。
但是我不被怀疑，
只因为善用心计。
要查牌全随尊便，
那奥妙休想看穿。

① 扑克牌中的“A”俗称尖子；“花子”是指同一种牌中连续三张以上的上下紧相衔接的牌。这里是说他善于捣鬼，所以好牌都跑到他手里去了。

如果叫我掷骰子，
那我更会用巧计。
里面早灌好铅水，
或者是两面点齐。①
就算是六面一样，
也叫人不起怀疑。

灌骰子恰到好处，
对此事颇为精通；
打弹子更是里手，
请诸位倾耳细听。
用什么都能玩耍，
牛趾骨凑合也行。

赌钱是恶劣勾当，
我承认没好下场。
靠此道谋求生路，
将愚者哄骗蒙诓。
和盲人赌钱作耍，
与抢劫没有两样。

将此事拆穿说破，
我已经放弃赌博。
曾以此作为职业，
对诸位敢于论说：

① 骰子每一面的点数不一，但他却在相对两面上刻上相同的点数。

学一种歪门邪道，
远不如学会干活。

二十三

那不勒斯一商人，
他善于弹奏竖琴，
我不费什么周折，
用圈套将他勾引：
把牌面显给他看，①
照样赢三十一分。

他装得天真烂漫，
实想把便宜来占。
自以为轻而易举，
却已经深陷泥潭：
瞎神仙蒙他双眼，
小商品统统输完。

可怜他痛心疾首，
哭泣他货物输光；
“耍花招将我欺骗！”
外国佬眼泪汪汪。
我却把小小商品，

① 将牌给对手看，以显自己的赌技高超。这是一种以 31 分为满分的赌法。

统统往篷秋里装。

他倒是减了负担，
却哭得伤心可怜。
所以会落入陷阱，
或因为是礼拜天，
既然没圣贤值班，
谁保佑鬼子赢钱。

财源虽如此丰硕，
我其实受益不多：
魔鬼他并未大意，
时刻在紧盯着我，
有个瘪鼻子军官，
硬是不把我放过。

他出面与我交谈，
要求我交付罚款。
说什么禁止赌博，
要将我捉去交官……
所赢的全部现金，
要与他各分一半。

面对这无理蛮横，
我感到义愤填膺。
赢的钱确实不少，
那全靠手段高明，
凭什么他要分成，

还不是依杖权柄。

人说他因为犯案，
不得志已有几年。
有一位好心朋友，
法官前为他美言。
在此后没过几天，
就让他当了军官。

各地区他全走遍，
依旧是滥用职权。
坏人没一个被捕，
货车却装得冒尖：
老母鸡火鸡羊羔，
搜罗得倒是齐全。

职权竟如此滥用，
岂能够容他横行。
一月月长此以往，
乡亲们自有述评：
"'瘪鼻子'这个坏种，
什一税被他复生！"

他卖弄吉他技艺，
甚至会作歌谱曲，
柜台前放声高歌，
那一夜正好相遇。
我说道："想听唱歌，

却无法擤出鼻涕!"①

瘪鼻子瞪我一眼,
欲生吞只恨不能。
然而却继续歌唱,
装得像无动于衷。
其实他早已察觉,
我对他恨得不轻。

下午将友人拜访,
瘪鼻子正好过来,
我高嚷:"瘪鼻老太
用凉水冲沏马黛。"
穆拉托② 听得明白:
我存心使他不快。

法庭中他有权威,
直气得怒锁双眉,
立刻便向我说道:
"待等到有了机会,
请你喝热茶一杯,
你就会知我是谁!"

只因为一位女子,
使矛盾更加激化。

① 这是故意在暗暗讽刺瘪鼻子军官。
② 瘪鼻子军官是穆拉托,即黑白混血儿。

瘪鼻子垂青喜爱，
这贤慧妇道人家。
她体壮恰似耕牛，
心灵美宛若鲜花。

那次我见她揉面，
打扮得十分动人。
我说声："我很愿意，
做点事来帮助您，
太太您如果欢喜，
我把您骨头抱紧。"①

瘪鼻子当时在场，
坐旁边一声不响。
那妇人见他恼怒，
为避免大闹一场，
对我说："你若愿意，
请帮我抱到炉旁。"

那瓜葛越加紊乱，
他对我恶意愈深，
就因为那一件事，
他宣称是我仇人。
决心要找我报复，
正在将时机找寻。

---

① 潘帕草原上树木极少，人们用干草、牛粪或骨头做燃料来烧火。这里是一句双关语，即"把骨头给您抱得近一点"的意思。

我发现这个坏蛋，
常对我冷眼相看。
在寻找适当时机，
好进行阴谋暗算，
恶人要惦记着你，
好人可难脱羁绊。

在逃犯终将被捕，
刚烈马总会温驯。
从那次相遇之后，
躲起来闭户关门。
圣拉蒙[①] 躺在一边，
事过后无人问津。

二十四

有几次将他回避，
实在是很不容易。
他善于阿谀奉承，
让法官找我嫌隙。
我终于被他抓住，
那一次是为选举。

① 圣拉蒙(San Ramón Nonato)是妇女分娩的保护者，事后总是被人遗忘。

我记得选举过程，
候选人反复变更。
选民们意见分散，
在当时很难集中。
法官为自己取胜，
做事情极不光明。

当人们集在一处，
瘪鼻子便来申明，
“倘若是大家都想，”
手拿着喇叭宣称，
“猴选人[①] 自己挑选，
那可就糟糕透顶！”

他那时就要动手，
抢走我那张名单。
可是我紧抓不放，
他大叫：“目无长官！
‘胃员会’叫你选谁，
你就得把谁来选！”

我受到如此对待，
实在是感到难堪，
谁如果正在发火，
想叫他息怒很难。

① 瘪鼻子无知，把“候选人”说成“猴选人”；下面还把“委员会”又说成了“胃员会”。

“谁指示我全不管，
愿选谁由我挑选。

“无论在赌桌旁边，
或是在选举桌前，
与他人毫无两样，
彼此应礼貌往还。
但纸牌和这选票，
谁也别打我算盘！”

警察们手持马刀，
闻此情向我扑来。
这纯属流氓行径，
我仍然尽量忍耐，
不愿意动手搏斗，
也只为避免祸灾。

施诡计将我抓住，
瘪鼻子心满意足。
从那次遭遇之后，
想自己更无前途。
只为那“猴”选人事，
带枷锁成为囚徒。

这不公多么明显，
心忍受并未胆寒。
这件事发生以后，
更擦亮我的双眼：

看清了困难处境，
像条狗脖子被拴。

自从那选举以后，
依然是混乱不堪：
一团糟千头万绪，
我对此不问不管。
法庭像浪荡女人，
谁狡猾占谁一边。

二十五

在此后没过几天，
可能为避免拖延，
也省得有人逃走，
就下令将人点传。
组成了一支队伍，
要把它派往边关。

高乔人无名火起，
尽管已胆怯心虚。
巡警们持枪出动，
被驱赶如同小鸡。
不少人遭此厄运，
似畜生关进栏里。

瘪鼻子神气活现：
“这些人卑鄙下贱，
我只是略施小计，
没一个漏网逃窜，
我带着抓丁命令，
会走的都去边关。”

等到那司令来到
众人都祈求苍天！
他盯了大家一眼，
我装得又傻又憨；
他按照名单次序，
把每人训斥一番。

对黑人说声：“立正！
你现在伪装正经。
在全区范围之内，
要说坏数你闻名。
我要你去服兵役，
所以才将你遣送。”

转身又对另一个：
“你全然不顾家庭，
整天去寻花问柳，
不给她衣食费用。
为让你学会养家，
要把你发往边境！

“还有你，倒是勤快，
每逢那选举到来，
总派人前去叫你，
你总是捣乱破坏。
完全是目无官府，
改造你理所应该。

“还有你，住在这里，
已经有多少时间？
你过去有多少次，
被传讯去见法官？
我从来没见过你，
想必已堕落不堪。

“还有你，不要脸皮，
每天都在酒馆里，
嚼舌根不分昼夜，
教人们反对上级。
得把你编入部队，
改造这捣蛋习气。

“还有你，不听召唤，
选举时你不露面，
从来都不去投票，
政府也没有法办。
每一次派人找你，
你都往外地流窜。

“还有你,油头粉面,
向来是游手好闲,
从不曾应征服役,
也不把选票来填。
这一次就叫你去,
免得再扰乱治安。

“还有你,证件给我,
由我来替你保存。
现在就放我手边,
过后再还你本人。
如果你要开小差,
谁都能将你生擒。

“你这人与众不同,
早就想造反称雄。
每当要投票选举,
你总是无动于衷。
从此后不许特殊,
我教你学会正经。”

抓这个理由充分,
抓那个原因很多,
简言之就一句话:
无论谁也难走脱。
集合在一个角落,
一个个全都训过。

实可怜那些姐妹，
更有那妻子娘亲，
哭泣声多么悲切，
伤心泪坠落纷纷；
可那些情爱呻吟，
岂能救远行亲人。

母亲们绝望呼喊，
全不与他们相关，
丈夫把妻子撇下，
使得她凄楚孤单；
显然是只有缄默，
以免得征人心酸。

从此后生活坎坷，
需求助东邻西舍。
要知道男子汉里，
蔫人中豹子更多。[1]
穷苦人必须谨慎，
我想这自不用说。

许多人去找法官，
救亲人逃出泥潭；
法官却推脱干净，
以显示为官清廉，

① 即“蔫人出豹子”之意。有些人表面老实，实则凶狠，因此女人与之打交道，要更加小心。

说什么“耐心等待，
我与此毫不相干！”

在这等官长面前，
家属们哀求再三；
说好话足有千万，
他说：“我双脚洗完，
就像是彼拉多斯，①
完全由上司差遣。”

眼见她无依无靠，
真让人痛彻心肝。
走出来一位妇女，
好几个闺女儿男，
跟随在前后左右，
空褡裢提在手边。

我猜想这些亲属，
愿同去边陲受难。
这一群穷苦女人，
有理由向人呼喊，
她们的痛苦难堪，
那可是诉说不完。

① 彼拉多斯是审判耶稣的法官，为了给自己开脱，曾说：“我洗净了双手。”但在此法官却说“我洗净了双脚”。这是对他的辛辣的讽刺。

二十六

训斥轮到我头上，
“该我了”心中暗想。
尽管我过失不多，
却不知为何发慌。
向诸位说老实话，
我只求耶稣帮忙。

他说我游手好闲，
是赌徒堕落不堪；
自从我来至此地，
一贯就柳宿花眠；
在从前定是强盗，
这可是祖辈遗传。

人可能有坏习惯，
要改掉确实也难；
但当时他那态度，
谁能不叫屈鸣冤。
瘪鼻子在他面前，
肯定是进了谗言。

他当时那种口气，
我感到事情离奇。

他如此满有把握，
说我是强盗世袭。
他当然肯定熟悉，
可我却蒙在鼓里。

我要向耶稣发誓，
下决心打听清楚。
我心中充满喜悦，
终看到水落石出：
克鲁斯好汉班长，
本是我生身之父。

我知他履历生平，
经常在眼前浮动。
克鲁斯十分骁勇，
与警察同到边境。
他豁出自己性命，
为搭救一位英雄。

我祈求仁慈上帝，
请保住他那光荣。
老子的生平历史，
让儿子牢记心中。
他临终将我祝福，
我现在祝他亡灵。

我发誓改邪归正，
确实已身体力行。

假如我曾犯错误，
现在敢当众肯定：
从知道我父姓名，
早已经全部改正。

谁想做贤孝儿子，
就该像父母一样；
在双亲身边成长，
又不为父辈争光，
灾祸会将他惩罚，
这报应理所应当。

由于我持之以恒，
过失已全部改正；
那一切均已忘记，
却仍有小小罪名：
扔不掉皮卡蒂亚，
这一个绰号诨名。

谁若是姓名尊贵，
能省去多少忧烦；
在民间俗语之中，
这警句要记心间：
“坏名声永难抹掉。”
也是我经验之谈。

二十七

在边境民团队里，
我曾去服役当兵；
并非是名正言顺，
因此上与众不同。

倒霉事落到头上，
到边陲苦受熬煎。
瘪鼻子阴谋暗算，
迫害我诡计多端。

在那座地狱里面，
我饱尝困苦艰难，
只因那小小军官，
说了些恶语谗言。

边境上所受苦难，
我不再怨地怨天；
那已是老生常谈，
全抛在头脑后边。

活计是越干越重，
倒霉事天天降生；
杂役多一如既往，

军饷是一文不名。

整年价遍身褴褛，
穷苦汉衣不遮羞；
从不发一个铜板，
也不给一块布头。

要吃饭只有臭肉，
没军饷又没军服；
要不就忍饥挨饿，
哪管你一命呜呼。

如果你稍有反抗，
或者是不听调遣，
在桩上治你九天，
会使你神经错乱。

简直像花子一样，
从未见一枚铜钱，
这习惯已成自然，
一拖饷就是几年。

整日价议论消耗，
说我们花费太高。
服役中从头至尾，
我未见一分一毫。

这军役非同一般，

在刀枪棍棒之间。
不知那发饷军官，
他的脸是方是圆。

如果他下来视察，
迅速得像颗流弹，
如同那坟间鬼火，
转眼间就已不见。

而且他到来之前，
好像已精心算计：
拖延了好几个月，
人们已转调异地。

即便是故意存心，
这巧合得来也难，
每次他来发军饷，
领饷人都已复员。

明知道人不在场，
点名像判决一样。①
在场的可怜士兵，
饥寒中白白翘望。

直到你无法忍受，
军旅中各种苦难，

① 指声音清楚响亮。

开小差或被处斩，
消了名无须付款。

做事情就是这样，
高乔人习以为常；
论权利一点没有，
更无人为他奔忙。

人们已感到厌倦，
如果你亲临操练，
褴褛衣迎风飘展，
活像那小旗面面！

命令你干这干那，
饱受那雨露风寒，
一旦要卸磨杀驴，
大海里洗澡一般。①

即便是给你衣物，
临走时也要归还；
篷秋和马匹鞍韂，
你休想带走一件。

不幸的可怜汉子，
当他要返归故乡，

① 指浑身上下，一无所有。

就如同龙吉诺斯，[①]
身上无蔽体衣裳。

看他们这般模样，
我不禁难过心酸；
你就是穿戴整齐，
也是棵光杆牡丹。

那时节十分少见，
冬季里如此严寒，
叫他们赤身裸体，
用双脚走回家园。

境遇有多么残酷，
实在是苦不堪言。
连匹马都不肯给，
竟让人徒步回还。

就像对土著一样，
死了也无足轻重！
全不给一张纸片，
作为他服役证明。

等到他回到故土，
一定比去时更穷。
捕他者将其财产，

① 龙吉诺斯是钉死耶稣的士兵，他在画面上的形象总是几乎赤裸着身体。

早已经瓜分一空。

此外也无须打听，
剩下的家产详情，
饥饿中老婆变卖，
十元货两元就行。

因他们早已默契，
共同来将他欺骗，
用不着说理申辩，
白白地浪费时间。

倘若你来到庄园，
去讨碗残羹剩饭，
立刻有横祸飞来，
流浪汉依法惩办。[①]

我寻思在那时候，
已无人肯去从军；
政府用这项法律，
不付钱又能招兵。

尽管我无知无才，
总结出如下结论：
谁要是生在庄园，
倒霉事命中注定！

① 当时的法律规定，对无业游民进行惩办，一般就是要发配到边关服兵役。

其他人都不敢说，
可我却不能不讲：
政府像一位母亲，
却不把儿女抚养。

为捍卫国家法律，
葬身在荒山野岗，
与耕牛有啥两样，
你拉犁他把福享！

我所以如此抱怨，
因为是心中在想：
既然不保护同胞，
有什么爱国可讲。

二十八

我长着魔鬼舌头，
到哪里都敢发言。
我可以提供证据，
说一说边关所见。

我知道要享太平，
只一个方法可行：
事事都俯首帖耳，

逢人便笑脸相迎。

谁若是没有褥垫，
在哪里都可休息；
穷小子懂这道理：
猫总把火炉寻觅。

说到此都该听懂，
尽管我并未讲明：
人总是寻求安乐，
尽自己最大可能。

就如同大家一样，
我这个可怜士兵，
自从做勤务兵后，
苦楚便有所减轻。

说不尽那些苦难，
说起来丧气灰心。
当官的伙食标准，
比士兵总强几分。

从那时开始算起，
我生活有所改善。
因为在副官面前，
我善于随机应变。

那副官自高自傲，

整天价在把书瞧。
都说他那样学习，
为的是能去传教。

人们虽如此嘲笑，
我从未见他气恼，
两只眼总是朝上，
与圣徒不差分毫。

身体弱却睡木板，
我不解这是为何，
人们都对他厌恶，
送外号叫他“巫婆”。

他没有其他任务，
别的事一概不管，
只采购部队食物，
外加上茶叶纸烟。

自从他将我选中，
就为他充当侍从，
整天价和他一起，
帮他把任务完成。

士兵们是讨厌鬼，
向来就无事生非：
只要见我俩相随，
大家便一齐撇嘴。

对我们道短说长，
火堆旁故意中伤：
“巫婆再加上流氓，
这伙食谁还想尝?”

我倒是并不难堪，
做安排自有长官；
我就把如何处理，
对大家谈上一谈。

大家说巫婆商贩，
他们俩抱成一团。
买的货糟糕透顶，
因为他又愚又贪。

此外又说到数量，
更说得活灵活现：
每人的一份口粮，
实际上只有一半！

要说他处理事情，
其实是特别机灵：
收据上他一签字，
自然是全部付清。

然而那议论谣言，
在军营没了没完；

请让我书归正传，
再把那伙食详谈。

那“巫婆”接受货物，
方式是如前所述；
我们要负责运输，
全部都交总务处。

当轮到谁去搬运，
大批地往外运输，
留一半本是正理，
岂能够白搭工夫。

然后又送到连队，
连长是接收大员，
他更是十分随便，
要什么全随心愿。

配给品越来越少，
这本是理所当然。
尔后将所剩之物，
再交给值日军官。

蜘蛛啊，谁将你抓伤？
另一个蜘蛛，和我一样。

那食品轮到军曹，
油水已所剩无几，

他却是早有准备，
尽可能顾到自己。

我如果再往下讲，
这故事何时算完？
军曹又叫来班长，
叫他去分给全班。

他也要首先挑选，
那秩序从不紊乱：
没有人会去调查，
他是否多吃多占。

经过了多少关口，
那便宜多少人占。
等轮到士兵手里，
只剩下星星点点。

全都是面包碎片！
这已是理所当然，
好几份凑在一起，
才装够一个锅底。

听人说这些事情，
都是按规章办理。
按规章当然可以，
怕只怕所剩无几。

我有时已经觉察，
讲出来全是实话：
口袋里所剩何物，
全都是碎面包渣。

在那座地狱里边，
人们会如痴如癫。
人都说如此可怜，
黑政府不肯花钱。

可是我完全不懂，
也不想打听分明，
我十足无知愚昧，
学不会却记得清。

这待遇多么糟糕，
真正是在劫难逃：
百姓要忍受棍棒，
军人要忍受马刀。

发服装也是灾难，
要经过层层关卡。
酷暑天发放冬衣，
严寒日夏衫发下。

我不知是何原因，
也不知是何道理；
可人们做出分析，

这完全来自内地。①

该忍耐必须忍耐，
这灾祸命里安排。
高乔人虽为国民，
生下来却供屠宰。

我确信应该这样，
愚蠢汉说得在行：
“既然是要上屠场，
索性将衣裳扒光！”

这苦难渊源久远，
向来是没了没完，
今后的一切苦难，
也只有代代相传。

有的人多么无聊，
讲此话津津乐道：
“高乔人恰似羊毛，
洗净后要用棒敲！”

苦难已装满杯盏，
强迫你忍气吞咽：
高乔人似乎生来
就该将罪孽偿还。

---

① 内地，指首都布宜诺斯艾利斯。意思是这一切都是政府造成的。

二十九

小伙子已经讲完，
讲过后默默无言。
大家伙正在高兴，
喜亲人获得团圆。
常言说事有凑巧，
从来就不乏偶然，
众多的白人欢聚，
一黑人来到面前，
自诩是歌唱好手，
唱起来非同一般，
装得像无所事事，
无意中吐出真言，
谁若是寻衅闹事，
总是被一眼看穿。
他落座何等安然，
手放在乐器上边。
那黑人不可一世，
轻轻地拨动琴弦：
有意地清清嗓子，
为使人不生疑团。
在场人无不明了，
黑人来所为哪般：
矛头是指向马丁，

挑战意十分显然。
表现出盛气凌人，
高傲得两眼望天。
马丁忙将琴抄起，
准备好迎接挑战。
两个人先后放歌，
四周是鸦雀无言。

三十

马丁·菲耶罗

每当那琴弦作响，
每当那音韵铿锵，
我从不落在人后，
岂能够不战自降；
我曾经发过誓愿：
绝不容他人逞强。

听众们务请注意，
观众们不必多言，
我恳求大家原谅，
事情本一目了然：
人不能摆脱诱惑，
便很难十美十全。

倘若是优秀歌手，

就应该胜人一筹，
两个人如果相遇，
又未分谁劣谁优，
就应该对歌较量，
看谁能独占鳌头。

一旦有时机来到，
人就该显示才能。
会做的若是不做，
那可是错误举动。
要别人千呼万唤，
那可是徒有其名。

我从小就是歌手，
这乃是我的幸运。
但命运将人捉弄，
使得我连遭不幸。
从此我不唱别的，
只歌唱我的苦痛。

我对那幸福时光，
将永远牢记心上，
对后来不幸岁月，
看能否将它遗忘。
谁若是信心十足，
调琴弦一起歌唱。

调琴弦一起歌唱，

唱一夜又有何妨。
听众们都在等候，
岂愿意浪费时光。
让琴声尽述忧伤，
直唱到蜡尽天亮。

黑歌手将要出场，
是否有夺标意图?
纵然你学识丰富，
也休想让我认输，
让咱俩一问一答，
见高低才能罢休。

如果你心中喜欢，
咱可以唱到明天。
这是我多年习惯，
开口便通宵达旦:
无论在何地何时，
才堪称歌咏大师。

谁若是没有胆量，
比一比谁优谁差，
或者是对歌失利，
休怪我直言如下:
将海绵去当鼓打，
拿羊毛去当琴拉。

黑人歌手

先生们，本人只是
穷苦的六弦琴手，
但我要感谢苍天，
因为他给我机会，
与一位歌手相逢，
要试我黑人歌喉。

我也有白色东西：
牙齿就洁白如玉。
我懂得为人处世，
什么也不比人低。
如果是置身他乡，
我总是谨慎和气。

我母亲共生十子，
前九个都很平常。
也正是因为这样，
上天才分外赏光。
老母鸡生的鸡蛋，
第十个最有分量。

黑人本温柔友爱，
尽管他并不自夸；
论热心独一无二，
心肠好驰名天下；

护弱小宁伤翅膀，
宛似那河边野鸭。

可是我独来独往，
无拘束生来自由。
就像只无巢孤鸟，
天空中任意遨游，
我学的一切知识，
由一位教士传授。

像别人一样知道，
为何有电闪雷鸣，
为什么一年四季，
分成为春夏秋冬，
也知道天上雨露，
从何处落个不停。

我知道世间宝藏，
从大地腹中降生。
哪里有黄金蕴储，
哪里有铁矿层层。
也知道火山爆发，
必然是天翻地动。

我了解海底深层，
有无数鱼群滋生，
知树木为何成长，
知为何呼啸刮风。

这些事白人不懂，
可我这黑人精通。

对我严我亦从严，
对我宽我亦从宽；
如邀我对歌上阵，
岂能够随便算完。
试一试瘸子真假，
要叫他走一走看。

倘若是来此聚会，
算我的一个缺点，
尽可以责怪歌手，
我高声请求包涵。
可一个缺点在前，
更大的定在后面。

听一名歌手吟唱，
总不会毫无所得，
都应该侧耳聆听，
别管他皮肤颜色。
无知人会有收获，
明智者收获更多。

黑色的前额下面，
有生命又有思想。
人们都宁静安详，
不拒绝听我歌唱，

夜晚也同样漆黑，
但却有星星闪亮。

现在起我就听宣，
问什么悉听尊便。
您愿意我就回答，
尽管是俗语村言。
要说那之乎者也，
我可是学疏才浅。

马丁·菲耶罗

黑人啊见多识广，
自不会疑惧担惊；
然而你已吞钓饵，
也只能伴着琴鸣。
莫迟延回答于我，
什么是天上歌声？

黑人歌手

听人说当初上帝，
第一个造了黑人。
与白人本无区分。
可白人高傲不逊，
竟忘记问他名姓，
只对他称呼黑人。

白人画黑色魔鬼，
黑人画魔鬼白人，
无论是黑色白色，
本不关是爱是恨，
造物主创造人类，
并未将等级划分。

前面已有言奉告，
这奉告达理通情，
虽则我才疏学浅，
望诸位仔细倾听，
看看我能否讲清，
什么是天的歌声。

天会哭也会歌唱，
再沉默也会发声。
哭泣时露珠滴落，
歌唱时呼啸刮风；
哭泣时雨从天降，
歌唱时雷电轰鸣。

马丁·菲耶罗

上帝造白人黑人，
并未分高低贵贱，
在同一十字架前，
使他们共受苦难。
为区分各种颜色，

才动手创造光线。

谁也别气急败坏，
并非是侮辱欺凌。
人们对世上万物，
都应该赋予名称，
生下来即当如此，
谁会去夺他芳名。

我喜欢那种歌星，
不胡说又很镇定。
如果你学识高深，
蕴藏着智慧聪明，
告诉我在世界上，
什么是地上歌声？

黑人歌手

我才思极为可怜，
我理智十分渺小，
为了能给你回答，
虽无知也不懊恼。
石块若碰上火镰，
会迸出火花闪耀。

根据我浅薄知识，
且给你如下答复：
大地上歌声悠悠，

是母亲忧愁痛苦，
临死者悲切呻吟，
降生者呱呱啼哭。

马丁·菲耶罗

黑人啊我提醒您，
准备好甜美嗓音，
男子汉技艺出众，
并不能使我吃惊。
会唱歌鸟儿无数，
唯雄鸟歌声动听。

既然是从一出生，
会唱歌命中注定，
别自大也别自惭，
更不必心神不宁。
我现在向你请教，
什么是大海歌声？

黑人歌手

会唱歌鸟儿无数，
歌声却各不相同。
谁若将他人仿效，
便丝毫不堪称道，

乌拉卡[1] 善学人语，
唯雌鸟能占上风。

智慧啊请你助我，
好赢得这一回合。
回答虽如此艰难，
但我却绝不退缩。
现在我给你说明，
什么是大海之歌。

当卷起暴雨狂飙，
大海洋无所不包。
放歌喉令人恐惧，
就如同地动山摇。
似乎它正在抱怨，
被大地挤得心焦。

马丁·菲耶罗

这一次我的提问，
能考验你的聪明，
你要想取得优胜，
除非与圣贤结盟。
请为我解释清楚，
什么是深夜歌声？

---

[1] 乌拉卡(urraca)是一种羽毛黑白相间的类似鹦鹉的鸟，据说只有雌鸟会学人说话。

黑人歌手

稳重人告诫青年：
路曲折切莫直奔。
我试着给你答复，
什么是深夜之音：
对于它只能感觉，
来源却无处找寻。

这本是神奇奥妙，
隐藏在黑暗之中，
当有人发出呼唤，
它便有相应回声，
就如同幽怨无穷，
从哪来我说不清。

万物中只有太阳，
能穿透沉沉黑暗，
黑夜里四方八面，
私语声若隐若现。
这是些幽灵声息，
求我们祈祷上帝。

马丁·菲耶罗

黑人啊你的回答，
已使我知道底细，

看来你早有准备，
而且还受过教育，
你做的解释透辟，
晦暗难掩蔽真理。

要结束这场对歌，
就该有求实精神。
因此我将你提醒，
咱二人比赛输赢，
别牵扯死者幽灵，
让他与天主安宁。

我对你直言忠告，
赛歌中本无必要。
歌手的每句歌词，
应经过慎重推敲。
从何处产生爱情，
我现在想要知道。

黑人歌手

这题目如此模糊，
我努力争取答复。
尽管这穷苦黑人，
乡巴佬难说清楚，
但要想增长学识，
正是要自知不足。

鸟儿在空中相爱，
在那里自由飞翔。
一旦它旅途结束，
停落在小树枝上，
就用那欢乐歌唱，
向情侣倾诉衷肠。

猛兽在窝中相爱，
只是在称霸称雄，
发出了一声怒吼，
真令人胆战心惊。
他们因不会歌唱，
用咆哮表达爱情。

鱼群儿色彩绚丽，
相爱在深渊当中；
人类则热烈相恋，
只要他心跳不停；
是上帝赋予生命，
有生命就有爱情。

马丁·菲耶罗

好精明黑人歌手，
你解释我很爱听。
开始我对你嘲讽，
现在我将你敬重。
我想再问一问你，

对法律如何认同?

黑人歌手

这牵涉学说哲理,
本是我力所难及。
自从我自知愚昧,
便广泛进行学习,
对歌中要想胜我,
也并非那么容易。

我并非歌手明星,
相反我少才无能。
轮到我放声歌唱,
我可要自己力争。
就如同马黛茶壶,①
开口后才会有用。

题目你随意挑选,
全都是棘手难缠,
不过我并不烦恼,
我自有方法答辩:
订法律本为众人,
却只将贫民惩办。

① 这里所谓茶壶,是指泡制马黛茶用的葫芦。当然只有给它开了口以后,才能放进茶叶并将茶水倒出来。

法律似蜘蛛结网，
原谅我无知妄说。
有钱人毫不畏惧，
有势者亦不惶惑。
大虫子一冲就破，
小虫儿总被捕捉。

法律像苍天降雨，
岂能够天下一律。
受惩者总是叫屈，
这本是简单道理。
法律像匕首一样，
持刀人哪会伤己。

将法律比作宝剑，
这比喻十分恰当：
持剑人总会知道，
宝剑应砍向何方。
从来是利刃向下，
哪管他姓李姓张。

有许多教授学者，
学识广我不怀疑。
但我是黑人老粗，
对此事见解甚低。
每天都看到法律，

觉得与漏斗① 无异。

马丁·菲耶罗

黑人啊再听我言，
已知你很不简单。
你没有虚度岁月，
我高兴与你结缘。
已看出腹有珠玑，
对赛歌很有本钱。

我现在要对你讲，
这本是理所应当。
谁如果服从真理，
就应为真理增光。
你皮肤虽是黑色，
可心里却很亮堂。

我不会让人议论
滥用你忍耐之心。
如果你也想发问，
我同样平等待人。
你现在即可开始，
因为我已经应允。

① 漏斗一头大一头小，以此比喻法律的不公正。

黑人歌手

舌头啊不要笨拙，
也不要颤抖哆嗦。
虽然是有关声誉，
但谁能不犯过错。
既然想张帆远航，
就别怕海水扬波。

我将要向你发问，
既然你问我许多；
这赛歌算你获胜，
如果能向我解说：
时间是怎么回事，
度量衡又是如何。

你如果能够回答，
就算你赢得胜利。
我应该向你说明，
请不要惊奇不已，
至今还未遇他人，
能向我解释彻底。

想知道却未如愿，
因书中没有答案。
你若能给我答复，
对我是终生指南。

请问你苍天上帝，
造数量是为哪般？

马丁·菲耶罗

黑人啊你似鹰隼，
降落在自己巢中，
看来你准备充分，
可我也成竹在胸。
看看我能否答复，
看看你是输是赢。

只一个地球、太阳，
月亮也举世无双。
应知道原本这样，
造物主没造数量；
人类的最高主宰，
只造就一个个体，
其余乃人类所造，
并学会数目统计。

黑人歌手

咱再看这个问题，
你能否圆满回答。
造物主既造万物，
自然是天机难察。
但我却弄不清楚，

造量具却又为啥？

马丁·菲耶罗

请注意细听我言，
我虽然见识短浅；
量具是人类创造，
为自己使用方便。
对此理无须惊愕，
这本来不难推测：
除人类生命之外，
上帝还测量什么？

黑人歌手

你若有真知灼见，
我情愿甘拜下风，
谁若想当个歌手，
这一切均须学通，
什么是重量含义，
现在就请你说清。

马丁·菲耶罗

上帝的隐秘当中，
就包括这件事情。
上帝让一切重量，
全部都降临世上。

要按照我的猜想，
只因有差劣优良，
要称称过错轻重，
就必须发明重量。

黑人歌手

如果能回答此事，
这比赛就算你赢，
我为你让出右首，
现在就请你说清：
时间是何时所创，
日和月为何分明？

马丁·菲耶罗

黑人啊我告诉你，
按照我智力所及。
时间啊只不过是
无尽的伸展延续，
它从来没有起点，
也永远没有终极。
因为它是个转轮，
转圆圈不会停顿；
人将它划成单位，
依我看只为划分：
生活过多少岁月，
还剩下多少光阴。

我已经做出说明，
答得快并不算赢。
假如你还有所问，
或忘了什么事情。
我随时听从吩咐，
将你的问题说清。

我并非自高自大，
也不是自吹自擂，
不过在竞赛时刻，
就需要坚韧不摧，
对于那庄园事物，
我请你再唱一回。

黑人啊请做准备，
发挥你全部智慧，
口齿要伶俐无误，
请对我细说清楚，
带 R 的各个月份，①
庄园中何最忙碌？

黑人歌手

对他人愚昧无知，

① 在西班牙语中，1 月、2 月、3 月、4 月、9 月、10 月、11 月和 12 月的拼写中都带 R，这是忙于给牲畜剪毛、打烙印等活计的时候。

绝不应随意利用，
任何人艺术高明，
都能够使我屈从。
但是我无论何处，
都不会任人欺凌。

我需要再次申明，
学识浅目不识丁：
对失利我不羞愧，
但却要把话说清：
谁要是欺人太甚，
我不会笑脸相迎。

比赛中能者取胜，
这规律合理合情；
无论谁参加竞争，
结果总大体相同：
“半瓶醋”碰上里手，
那行家一定会赢。

可见过旷野当中，
常有人方向不明，
心惆怅转来转去，
不知道向西向东。
失利的可怜歌手，
也同样无所适从。

树木也发出惨叫，

遭狂风蹂躏欺凌，
我在此发出忧怨，
心苦恼所为何情？
只因为失败之夜，
凄惨惨难到天明。

我说话从无反悔，
天老爷可作见证，
从今天直到永远，
倘若有痛苦在胸，
放歌喉只寻慰藉，
绝不去争得美名。

谁若是失去希望，
就一定灰心沮丧，
可无处获得温情，
那生命岂能久长。
欢乐事对于穷人，
向来就预兆不祥。

这一次痛苦觉醒，
我将会牢记终生：
尽管会得到慰藉，
永远也不想飞腾：
生来既不能上天，
向上瞧又有何用。

我请求诸位听众，

允许我把话讲明。
这次我决定前来，
并非为比赛歌声；
此外还另有使命，
需要我将它完成。

大家已知道我娘，
生我们十个弟兄。
老大已不在人世，
他最受大家尊敬。
可怜他死得冤枉，
命丧在暴徒手中。

剩下来九个兄弟，
像孤儿无靠无依。
实在因毫无慰藉，
整天里想他哭泣，
与那个杀他凶手，
从未能邂逅相遇。

亲兄长骸骨入土，
已然在地下长眠。
我来此不为移葬，
但倘若出现机缘，
我相信苍天有眼，
这笔账自会清算。

为了能善始善终，

愿与你再次对歌，
尽管我对你钦敬，
还想要再战三合，
唱一唱冤魂之死，
那凶手难逃罪责。

先生们，至此为止，
下面是临别之言。
死者的九个兄弟，
现在还都在人间，
冤屈事他们永记，
绝不忘这桩凶案。

今后要发生何事，
那将是天机玄妙。
对将来无法掌握，
只能在这里预料。
命运会做何裁决，
且等待来日揭晓。

马丁·菲耶罗

浪费了多少口舌，
终于将嘴巴关闭。
看到你如此矜夸，
我早已产生怀疑。
果然是心中有鬼，
又不愿泄露明提。

我们已彼此相识，
就凭这一番谈话，
为了要寻找时机，
且不必急于策划。
我早已有所觉察
这对歌已生变化。

我不知未来如何，
更不善神机妙算。
但我却坚定不移，
一定要走到终点。
不管谁生在世上，
都只能听命于天。

由于那法官迫害，
首先去充军戍边；
然后是印第安人，
使我又别有洞天；
现在是这些黑人，
帮我来安度晚年。

一母亲连生十子，
世界上所见不多；
或许这十个兄弟，
全都是一丘之貉。

母刺猬总生单数，[①]
又都是同一规格。

对肤色卑贱之辈，
我从来不让分寸；
每当他愤怒时刻，
常常是包藏祸心，
变得像有毒蜘蛛，
随时在准备啮人。

黑人中最好斗者，
对他们我都熟悉。
无论是体力眼力，
这等人无人能及。
只要我尚存一息，
会给他最好教育！

但是人对于命运，
都应该理得心安。
我不再寻衅闹事，
对角斗已不喜欢；
但并非惧怕邪恶，
更不怕魔影蹁跹。

对歌虽全部结束，

① 有的版本的注释说，马丁在此暗示黑人之母在10个儿子之外还有私生子，故有单数云云；下句中的“同一规格”指同一性别。

却留下尾巴一条，
所以我尚难摆脱
这一场是非争吵。
这正如常言所讲：
钉子又将人钉牢。[①]

三十一

这些话一经说完，
用心已显而易见。
在场人尽力劝解，
为避免再起事端。
在中间劝说调停，
风波才平息和缓。
马丁与几个孩子，
为避免风浪再起，
跨上马揽辔徐行，
各个无半点恐惧。
马行到一条小溪，
下马来岸边站立。
给坐骑卸下鞍韂，
席地坐稍事休息。
在他们长幼之间，

① 当马丁·菲耶罗想过平静生活的时候，却又节外生枝，黑人的到来又挑起了争端，正如当一个人钉完钉子，不想自己却被钉子给钉上了。

说不尽万语千言，
因为有多少往事，
发生在分离期间。
在那里度过夜晚，
凭借着星光点点。
夜幕垂宛似帐幔，
笼罩着一片黑暗。
高乔人善于料理，
手段高绝非等闲。
马鞍桥枕在头下，
将鞍垫当作褥垫。
熟皮面质地柔软，
可用来挡露遮寒。
契里帕或者篷秋，
直盖到脑袋下面。
利刃就放在身侧，
常言说有备无患。
嚼子和马鞭在手，
坐骑就拴在旁边。
为了能确保安全，
缰绳头埋好踩严；①
尽管用套索拴住，
人总从坏处着眼。
这才算安然入睡，

① 当高乔人在旷野过夜时，往往用10米多长的套马绳将马拴住，使马能在较大的范围内吃草，因无树木可拴，故将绳子一端的铁环埋在地下。露水和摩擦对皮绳有损，故下面说这并非尽善尽美的办法。

一整夜不把心担。
虽然距大路很远，
谨慎能确保安全，
比在家还要放心，
伸开腿鼾声不断。
地上又没有臭虫，
胜过那双人床垫，
睡上去不会拥挤，
对这样谁不喜欢。
无论谁是在何处，
睡一夜又有何难，
以后便夜夜如此，
无非是如法照搬。
小鸟将他们唤醒，
当东方既白亮天。
就寝前未曾吃饭，
因此而睡梦不酣。
只有那一天夜晚，
他们得欢聚团圆。
大家都心花怒放，
都觉得福满世间。
但不能长此欢聚，
只因为贫困饥寒。
都同意分居单过，
各自奔东北西南。
分头找栖身之所，
才能够减轻负担。
在他们分手之前，

为打开新的局面，
在那个寂静时刻，
马丁他三思而言。
对眼前几个孩子，
心里话侃侃而谈。

三十二

是父亲也是友人，
是劝告也是教训。
对你们我要提醒，
生活中处处小心：
谁知道哪个角落，
有敌人暗里藏身。

除去那不幸生活，
我没有其他学校。
如果我做过错事，
请不必吃惊怪叫，
谁若未进过校门，
许多事无从知道。

有些人知识渊博，
他们是才气纵横；
有些人事事全懂，
却未必样样精通。

比起那好坏都学，
学好人更加高明。

对我们若无教益，
工作便毫不足取。
对待那陌生男子，
瞭一眼就应看穿。
首先要知其脾性，
为何事怒气冲天。

切勿将心中希望，
寄托于任何个人；
哪怕是最大不幸，
也只对上帝交心。
只结交一个知己，
交上俩就要谨慎。

缺点与领地不同，
它没有范围界限；
此事是天经地义，
人再好也不能免。
既自己也有缺点，
对他人就该从宽。

朋友若处于困境，
绝不能置之不理；
但不可有求于人，
也不要心存希冀。

好朋友相交莫逆，
永远是诚心诚意。

无论是恐惧贪婪，
二者都害人匪浅。
不要因破点钱财，
心中就懊恼不安。
对穷人必须帮助，
对富人不必乞怜。

谁如果尊重他人，
土著中都能安身。
要做到从容镇定，
就应该处处小心；
弱者中需要谨慎，
强者中更需分寸。

劳动是金科玉律，
只因为人有需求。
你如果陷入窘境，
千万莫痛苦忧愁。
人若是伸手求救，
心便会滴血不休。

人人都应该工作，
岂能够不劳而获。
贫困总千方百计
将人们追逐逼迫，

贫困想挨户做客，
进谁家谁必懒惰。

对谁也不要恐吓，
因为谁都不胆怯。
鲁莽者恐吓他人，
他很快就会发觉：
眼前就存在危险，
无形中会有威胁。

为了能战胜风险，
为了能逃出深渊，
凭着我切身经验，
在此我敢于断言：
对自己要有信心，
自信心胜过刀剑。

人生来就有灵性，
靠它来支配行动，
否则便难以为生。
我经验早已证明：
一些人因而谨慎，
另一些玩世不恭。

人若是强干精明，
善于将时机利用。
如果我比喻不错，
请你们仔细听清：

机会就犹如生铁，
趁热打才能成功。

人若是丢掉东西，
往往能重新找回；
但是我忠言相告，
最好请你们记牢：
要是将廉耻丢掉，
永远也休想找到。

弟兄们不要分离，
这本是天经地义。
一定要真诚团结，
无论在什么时机；
倘若是分崩离析，
岂能不败于外敌。

对长者应该尊重，
嘲讽他不算本领。
如果与生人相处，
一定要眼亮心明。
常言说察人善恶，
就看他与谁同行。

当仙鹤老态龙钟，
它便会双目失明。
儿女们一旦长大，
就尽心将它照应。

你们要效法仙鹤，
学习它孝顺温情。

如有人侮辱你们，
纵然不与之较量，
但却要时刻提防。
只因为确实这样：
多是那侮辱人者，
常常将他人中伤。

谁若是忍辱求生，
固然会没有好命；
但如果狂妄自大，
苦难也与日俱增。
该服从就要服从，
指挥者就会宽容。
你们要努力做到
不丢脸不丢时间。
将智者当作榜样，
事事要考虑周全；
要知道恶行陋习，
学容易改正极难。

鸟儿若嘴巴弯弯，
它必有偷窃习惯；
但是人皆有理智，
切不可偷一文钱。
人贫穷并非缺点，

偷窃才真是丢脸。

人与人不要残杀，
也不要逞强厮打。
不幸事应该借鉴，
就如同镜子一面。
人若能克制自己，
就可算大智大贤。

人若是流过鲜血，
一生中都会记牢。
印象是如此深刻，
怎么也抹它不掉。
滴滴血都似火星，
在灵魂深处燃烧。

无论在何时何地，
酒都是害人冤家。
我可是语重心长，
你们要牢牢记下：
谁要是酗酒闹事，
就该受双倍惩罚。

如果要动手打仗，
先下手总是为强。
即使你理直气壮，
也不可霸道骄狂。
理发师学习刮脸，

是胡子多的遭殃。

你对待爱慕之人，
要献出一片忠贞，
绝不能将她欺骗，
这最易使她伤心。
女人若受了凌辱，
定然会背弃你们。

如果要想当歌手，
一定要唱出感情；
若单纯出于兴趣，
请不要抚弄琴声。
要养成良好习惯，
歌咏有充实内容。

对你们这些忠告，
我得来实属不易。
我愿将你们引导，
但却是力所不及，
我没有那等智慧，
使你们遵循受益。

这些事郑重论及，
都经过深思熟虑。
这劝告准确无差，
绝没有半点虚假：
凡出自老人口中，

每一句都是实话。

三十三

四个人走向四方，
各自奔东北西南。
相互间许下誓愿，
都应当信守诺言。
因为这是个秘密，
我不能泄露外传。

我只想提醒诸位，
对此事不必心惊，
人世间司空见惯，
这类事经常发生：
彼此已达成协议，
大家都改姓更名。

这举动毫无歹意，
我对此并不怀疑。
但也是千真万确，
这已经不足为奇：
谁如果更名改姓，
因有罪需要隐匿。

我将要放下乐器，

不会再演唱下去。
大家都能够看出，
我曾有非凡毅力。
这如同羽毛疙瘩，①
要解开谈何容易。

我已经完成使命，
并且是超额完成。
但是我有言在此，
众乡亲务必听清：
倘若是需要套马，
我这里仍有缰绳。

唱到此我即告别，
很难说何时再见。
人们为求得妥善，
总是从软处砍断；
我却拣硬处下刀，
因此才砍个没完。

苍鹰在巢中居住，
林莽中住着猛虎。
狐狸占别兽之穴，
因此上前途未卜。
唯高乔颠沛流离，

① 高乔人有个习惯，在闲暇时用鸡、火鸡或鸵鸟的羽毛编成马缰绳上的花结，开玩笑时就叫人去解，这是很难甚至无法解开的。

随命运漂泊四处。

可怜他无依无靠，
财产被统统抢掉。
只因为世上无人，
把这个种族关照。
高乔人应有家园、
法律和教堂、学校。

迟或早总有一天，
这灾难终究会完。
我想这绝非易事，
因时局混乱不堪。
他们[①] 像老鹰一样，
吃肉还叫苦连天。

但上帝慈悲恩典，
这情况定会改善。
但为把事情做好，
人们要牢记心间：
想用火进行加热，
必须从下面点燃。[②]

上层人制定法律，
只为他个人受用。

① 这里的“他们”显然指当权者。
② 指从下而上地对高乔人进行教育和发动。

尽管他亲自规定，
那也会疑虑重重。
倘若是树生乳汁，
树荫能使人生病。[1]

穷苦人稍不注意，
就被用皮绳吊起。
对此我完全知道，
并能把后果预告：
高乔像瘦畜之皮，[2]
能做成套索鞭梢。

我前面所述之言，
大家都应该相信；
我请求诸位理解，
我毫无名利之心。
何处有本书存在，
茅屋便不怕雨淋。[3]

请大家让我休息，
我已经唱了许多！

① 有些树能分泌出乳白色汁液，人在下面睡觉往往会长水泡，也有人说是指无花果树。高乔人认为它的树荫会给人带来不幸和破产。这里是在提醒人们要对统治者的善心保持警惕。

② 最有韧性的皮子才能做皮绳的绳梢，一般是用瘦畜的皮革做成的。在此指高乔人要吃最大的苦头。

③ 指凡有本书的地方，茅屋就不会因主人的懒惰和笨拙而漏雨，进一步强调了本书的教育作用。

到此处告一段落，
我不能再往下说；
已经有三十三节，
与耶稣年龄吻合。

结束前再说几句。
请诸位记在心间：
我还要继续创作，
一直到把话说完。
只要是才智生命，
允许我实现诺言。

如果我寿命不长，
大家应确信无疑，
如果我离开人世，
哪怕在沙漠野地，
高乔人闻知此讯，
一定会悲痛至极。

只因为我的生命，
属于我所有弟兄，
他们会将这故事，
自豪地记在心中。
乡亲们不会忘却，
他们的高乔马丁。

记性是伟大天赋，
这品质值得颂扬；

莫怀疑我在这里，
将某人攻击中伤，
要知道忘掉旧恶，
也算是记忆力强。

我对谁都未冒犯，
请不要自寻愁烦；
我所以如此吟咏，
是觉得这样方便，
不损害任何个人，
只是为大家行善。

图书在版编目（CIP）数据

马丁·菲耶罗／（阿根廷）何塞·埃尔南德斯著；赵振江译.—南京：译林出版社，2018.11(2019.6 重印)
（世界英雄史诗译丛）
ISBN 978-7-5447-7376-8

I. ①马… II. ①何…②赵… III. ①英雄史诗－阿根廷－近代 IV. ① I783.24

中国版本图书馆 CIP 数据核字 (2018) 第 105244 号

马丁·菲耶罗 ［阿根廷］何塞·埃尔南德斯／著 赵振江／译

责任编辑 叶宗敏 金 薇
装帧设计 韦 枫
校 对 蒋 燕
责任印制 颜 亮

出版发行 译林出版社
地 址 南京市湖南路1号A楼
邮 箱 yilin@yilin.com
网 址 www.yilin.com
市场热线 025-86633278
排 版 南京展望文化发展有限公司
印 刷 江苏凤凰新华印务有限公司
开 本 850 毫米 × 1168 毫米 1/32
印 张 11.25
插 页 4
版 次 2018年11月第1版 2019年6月第2次印刷
书 号 ISBN 978-7-5447-7376-8
定 价 84.00元